LUIZ GAMA

Luiz Gama
A saga de um libertador

MAGUI

Ilustrado por
Angelo Abu

Prefácio de
Tom Farias

EDITORA
Peirópolis

Para as gerações que construirão uma sociedade justa e democrática, livre de racismo.

A vida de Luiz Gama

Prefácio de Tom Farias

A vida de Luiz Gama talvez se assemelhe mesmo a história de um grande filme. Do seu nascimento em Salvador, na Bahia, em 1830, à sua morte, digamos, prematura, no auge da sua luta pela causa da abolição, no ano de 1882, um turbilhão de fatos e acontecimentos ocorreram em torno de si.

Dele pode se dizer de tudo, e um pouco mais. Nasceu livre, filho da lendária Luiza Mahin, da Costa da Mina, e de um homem branco, de origem portuguesa, Luiz Gama ainda menino foi vendido pelo próprio pai, emaranhado pelas dívidas, que se aproveitou da ausência da mãe, que fugira das perseguições por ter feito parte de revoltas em terras baianas, sobretudo a conhecida Revolta dos Malês, ocorrida em Salvador, em 1835.

Feito escravo desde os dez anos, tendo passado por toda sorte de dissabores, humilhações e violências, até alfabetizar-se na juventude e fugir da casa de seu senhor,

Luiz Gama sobreviveu à custa de muita luta, perseverança e sorte, até chegar à idade adulta, como homem público respeitado e tarimbado defensor da causa de homens e mulheres negros, em São Paulo, de onde, nos tribunais, combateu pelo uso das leis e fez valer o direito humanitário à liberdade e à justiça, protegendo, muitas vezes sob a ameaça de morte, milhares de vidas, livrando dos grilhões, mais de 500 delas.

A escritora e psicóloga Magui e o ilustrador Angelo Abu tomaram para si a nobre tarefa de retratar, de forma romanceada, a vida e a luta incansável de Luiz Gama, num livro que é, ao mesmo tempo, um precioso relicário de resgate histórico, de posicionamento antirracista, com importante teor didático e informativo, que muito dialoga com o que se chama na atualidade de resiliência e protagonismo da mulher e do homem negro na sociedade brasileira.

Sob este aspecto, a trajetória de Luiz Gama ganha luzes, sob seus feitos e sua grande luta, e reforça a autoestima daqueles que buscam nos exemplos do passado, como a desse lutador intimorato, referência para continuar seguindo, atravessando todos os percalços, a estrada rumo à vitória e ao futuro.

Esta é uma das maneiras de nos apercebemos do legado deixado por esse grande brasileiro. Nos últimos anos, uma justa onda de justiça o tem levado para o panteão da glória de onde nunca deveria ter saído. Das exéquias do seu planteado e majestoso enterro, ao reconhecimento como advogado, não mais rábula, passando pelo título de doutor honoris causa, pela Universidade de São Paulo, ao glorioso filme "Doutor Gama", realizado pelo cineasta Jeferson De, Luiz Gama alcança uma estatura atingida por poucos homens negros que viveram a vida terrena. Estabelece-se como herói. Como um gênio. Como um ícone negro. Mas isto não é somenos aos que ainda não atingiram tais glorificações: tomem Luiz Gama como a estrada, a luz no fim do túnel, não só para confirmar a sua importância, mas para (re)abrir o caminho para que outros, lutadores iguais a ele, para que também sejam reconhecidos, e, acima de tudo, para que os de hoje e os das futuras gerações, se espelhem nele para continuar a abrir novas estradas e a iluminar novos túneis pelos séculos afora.

Portanto, *Luiz Gama, a saga de um libertador* traz esse gostinho de uma obra que atende a curiosidade daqueles e daquelas, especialmente jovens, homens e mulheres, pretas e pretos, que desejarem saber um pouco mais sobre uma história tão surpreendente quanto inspiradora. O negro Luiz Gama não deve ser só considerado o Patrono da Abolição no Brasil, mas, acima de qualquer outro, um dos nossos melhores brasileiros.

Apresentação

Quem passa pelo Largo do Arouche, no centro de São Paulo, pode não reparar no busto altivo de um homem de barba espessa — a obra de Yolando Mallozzi, de 1931, é o primeiro monumento erigido em homenagem a um líder negro e retrata Luiz Gama, recentemente reconhecido e declarado patrono da abolição da escravidão do Brasil.

Neste livro, de autoria da psicóloga e educadora Magui, conhecemos o homem por trás do monumento, em uma biografia romanceada, especialmente escrita para jovens leitores, que resgata a trajetória de um homem que desafiou a estrutura arcaica e cruelmente escravagista do Brasil do século XIX.

Bebendo na fonte dos textos do próprio Luiz Gama, a obra reproduz, de forma que os leitores possam experimentar a realidade vivida por ele, momentos marcantes da vida desse homem plural, desde a sua infância em Salvador, na Bahia, até a sua morte em São Paulo, reconhecido como intelectual brilhante, advogado e ativista incansável.

Em um país que condena muitas de suas figuras históricas ao esquecimento, é sempre saudável — e necessário — recuperar biografias como a de Luiz Gama e trazê-las para os nossos dias, principalmente para o público juvenil. Buscando maior aproximação com os leitores, a autora optou por seguir o caminho romanceado, acompanhando o biografado desde a sua infância, passando por desafios e agruras ao longo da vida, mas também por seus feitos e conquistas.

Dessa forma, acompanhamos a sua história; andamos pelas ruas de Salvador com o serelepe Luizinho e a mãe, dona Luiza, mulher de origem nagô, que vendia seus quitutes na praça e se envolvia na luta pela liberdade do seu povo; embarcamos em um navio rumo ao Rio de Janeiro, quando Luiz, nascido livre, é vendido como escravo pelo próprio pai.

Ainda podemos estar ao lado dele em sua fuga do interior de São Paulo, na busca infrutífera pela mãe no Rio de Janeiro, no período em que foi soldado, além de vê-lo se tornar, primeiro, amanuense, depois rábula na Faculdade de Direito e, por fim, jornalista, poeta, escritor e ativista responsável pela libertação de mais de quinhentos homens escravizados.

Algumas explicações necessárias

A história que você vai ler é uma biografia romanceada do grande abolicionista Luiz Gonzaga Pinto da Gama, ou, simplesmente, Luiz Gama.

Baseada nos textos do próprio Luiz Gama, a narrativa se utiliza de situações e diálogos fictícios com o objetivo de dar mais vida ao conteúdo, permitindo aos leitores entrar na história e experimentar a realidade vivida por ele.

Luiz Gama nasceu em Salvador em 21 de junho de 1830 e morreu em São Paulo no dia 24 de agosto de 1882.

Sua vida é surpreendente: uma sucessão de reveses e de conquistas inacreditáveis que fazem dele um brilhante intelectual negro, reconhecido e admirado, mesmo no Brasil escravocrata de seu tempo – ainda hoje preconceituoso.

Escritor, poeta, jornalista, foi um ativista incansável cuja arma era a palavra. Radical defensor dos escravizados, abolicionista, republicano, morreu cedo demais para ver seus sonhos se realizarem.

No final, acrescentamos um apêndice com sua breve carta aurobiográfica, que foi referência para a maior parte deste livro.

As citações dos seus textos estão transcritas em itálico.

A autora

O menino Luizinho

Dona Luiza vestiu sua roupa branca de sair e espichou um olho para o pequeno quintal à procura de Luizinho. O menino estava pendurado no galho da goiabeira e, quando a mãe o chamou, veio contente, meio correndo, meio pulando, como era o seu jeito.

— Se aquieta, fio. Assim não dá pra te vestir — disse dona Luiza, tentando enfiar uma camisa no menino. Luizinho sossegou, com o rostinho afundado no peito da mãe, que cheirava a flor e mel. Mas logo deu um salto.

— E o meu doce de coco?

— Está na bandeja, mas não vou dar agora, não. Lá na praça, eu dou.

O pequeno saiu apressado, pensando no doce. Foi andando na frente da mãe, que ia devagar, carregando a enorme bandeja na cabeça, a banquinha na mão e os apetrechos pendurados nas costas. O sol forte ardia na pele no longo caminho até a praça.

— Mais devagar, serelepe! — chamou a mãe, quando o menino foi se afastando dela.

— Mãe, o que é selepe?

— Se-re-le-pe! É um menino muito arteiro que vive correndo pra lá e pra cá, nunca para quieto! Como tu!

— Ele também gosta de doce de coco, mãe? Deve de gostar, né, mãe?

Dona Luiza não respondia, no esforço da subida, o suor pontilhando o seu rosto. Subiram uma ladeira, desceram outra, cuidando de não escorregar na lisura das pedras.

À medida que se aproximavam do centro, o movimento nas ruas crescia. O menino chegou perto da mãe. Nunca se sentia seguro no meio daquela gente estranha e barulhenta, que passava sem perceber sua pequena figura. Gente que andava a pé ou a cavalo, mulheres passeando nas liteirinhas carregadas por homens escravizados. Os homens espichavam os olhos para a bela feição de dona Luiza, com seu porte altivo. Às vezes, falavam gracejos, ignorados por ela e abafados pelos cantos, gritos e latidos que cortavam o ar pesado de calor.

Na praça, refrescada pela brisa do mar, Luizinho parou, aguardando sua mãe se abancar. Mas nesse dia dona Luiza atravessou a praça até se aproximar do porto, onde um grande barco estava sendo carregado. Montou sua banquinha ali, em meio ao movimento intenso do lugar, com o menino se aninhando na brancura da sua saia rodada.

Uma fila de escravizados passava para lá e para cá carregando enormes sacos, as costas curvadas pelo peso, vigiados pelos feitores de chicote na mão, prontos para castigar os mais vagarosos.

Luizinho não queria ficar ali, no lugar escolhido pela mãe, justo no meio do vaivém dos escravizados. Puxou a saia de dona Luiza, para ver se ela se afastava dali, mas não conseguiu nada.

— Se aquieta, fio! Vou ficar aqui, não vê? — Para distraí-lo, deu o doce de coco tão esperado.

Logo as pessoas começaram a chegar perto da banca de dona Luiza em busca dos seus conhecidos quitutes, que tinham a fama de ser os melhores da praça. Uma rodinha se formou em torno de mãe e filho, com as moedas se juntando no bolso de pano.

Mas a quituteira não se concentrava apenas na venda dos doces e salgados. Ela também tinha os olhos postos nos negros que passavam. De vez em quando, um negro passava perto da banca e, sem que ninguém percebesse, dona Luiza se inclinava para o lado dele murmurando alguma coisa em uma língua estranha.

— Está querendo um doce, nego folgado? Quem mandou vir aqui? Isso não é pro seu bico. Olha o doce que você vai ganhar, nego preguiçoso! — E, mais uma vez, o chicote estalou nas costas do homem, deixando um risco de sangue. Ele se afastou e voltou para a fila de carregamento. Dessa vez, para maltratá-lo ainda mais, o feitor o obrigou a carregar duas sacas nas costas feridas. O escravizado, mesmo grande e forte, ficou com o corpo arcado, andando com pequenos passos.

— O que você está fazendo aqui, seu tiçãozinho? Está querendo umas lambadas também? — Luizinho, paralisado de terror, viu a mãe chegar e dar com uma colher de pau na mão do homem.

— Larga o meu filho, brutamontes! Ele não é seu escravo, não! Saiba que ele é preto, mas nasceu livre. É filho de mãe livre! Tire suas mãos sujas do meu menino!

O homem, surpreso com a coragem e a fúria da mulher, largou o pequeno, que abraçou a mãe aos prantos. O feitor então se voltou para o escravo, golpeando suas pernas com o chicote para que ele andasse mais depressa. Mesmo com o castigo, o escravo sorriu para dona Luiza disfarçadamente; ele sabia que tinha conseguido passar o recado pelo menino.

Pouco depois dona Luiza também deu por encerrado o seu dia e voltou para casa. No caminho, passou pela rua do Conselheiro e puxou um dedinho de prosa com uma escrava que varria a calçada. As duas falavam a língua iorubá, dos nagôs, e que ninguém entendia. Dona Luiza pediu à amiga que entregasse a bolinha de papel para outro escravo da casa e a mocinha se espantou com o valor que ela dava a tão pequeno pedaço de papel.

— Você não se lembra? — perguntou dona Luiza. — Os malês, homens do nosso povo da Costa da Mina, sabem fazer e entender aqueles sinaizinhos... Este papel contém uma mensagem do nosso líder.

Dona Luiza do povo nagô

Naquela noite, Luizinho demorou para dormir. Quando seus olhos se fechavam, surgia o rosto do branco malvado e o seu chicote. Dona Luiza acalentou o filhinho, mas ele não conseguia se tranquilizar.

— Mãe, aquele homem vai me pegar?

— Não, fio, o homem está longe. E ele nunca vai te pegar. Ele só bate nos escravos do patrão dele.

— Mãe, o que é escravo? Por que o homem fraco bate no homem forte?

— É que os homens fracos têm as armas e aí ficam muito fortes. Então, nas guerras, quem vence tira tudo dos vencidos, até a liberdade; os vencidos viram escravos. Aí, são vendidos pra outros que têm armas e que vivem do trabalho deles.

— Mãe, ele queria me vencer e me fazer virar escravo, né?

— Não. Aqui não tem guerra. Ele pensou que você era filho de escravo. É que eles acham que todos os que são pretos são escravos.

— O meu pai é branco e é rico, né, mãe?
Dona Luiza riu, com gosto!
— O que é alforria, mãe?
— Que curiosidade, serelepe! Quando vai parar de fazer perguntas? Pois eu vou contar a minha história. Você já está com cinco anos e já entende algumas coisas. Até a sua idade — ou um pouquinho mais — eu vivia bem longe daqui, em uma terra lá do outro lado do mar. Era uma bonita aldeia de casinhas redondas. Eu vivia feliz com o meu pai e minha mãe. Meu pai era caçador e guerreiro, como todos os homens do meu povo, os nagôs. Mas um dia uma guerra começou. Nossos guerreiros, que eram chamados de malês, tiveram que enfrentar invasores que tinham armas que cuspiam fogo. Nós perdemos a guerra. Meu pai e muitos dos nossos guerreiros morreram. Quem sobreviveu foi transformado em prisioneiro. Eles nos amarraram com cordas e éramos obrigados a obedecer às ordens dos invasores. Do contrário, nos deixavam sem água e comida. Eles também nos batiam e batiam, sem dó.
— A mãe também, eles amarraram?
— Eu também, eles me amarraram junto com a minha mãe. E nos empurraram pelo mato, até chegar ao porto e nos vender para homens brancos, que nos levaram para uma barca grande, para atravessar a calun-

ga. E, quando eu cheguei aqui, nesta cidade, meu filho, eu era escrava. Escravo quer dizer gente que tem dono, gente que é tratada como se não fosse gente porque tiraram sua liberdade, sua terra, seus parentes e amigos; até são obrigados a esconder a sua língua e a sua religião para falar e rezar na língua dos seus donos; viram mercadoria que se compra e se vende. Então, quando chegamos a esta terra que chama Brasil, toda a minha gente já era escrava, à venda no mercado: compraram minha mãe e me levaram de quebra. A gente trabalhava muito para a sinhá, nossa dona. Eu debulhava o milho e a minha mãe socava no pilão. Mas até hoje ninguém conseguiu me fazer esquecer da língua e da religião dos nagôs, meu povo.

Filho de um pai fidalgo

Quando eu fiquei maior um pouco, fui ajudar na cozinha; então, aprendi a fazer todas essas coisas gostosas que agora vendo na praça.

Um dia, sinhá ia receber hóspedes para passar as férias na fazenda e me chamou para servir a mesa. Me deram uma roupa muito bonita. Bem branquinha, cheirosa, engomadinha. Foi naquele mesmo dia que seu pai me conheceu e se apaixonou por mim.

Tempos depois, pra provar seu amor por mim, comprou a minha carta de alforria. A carta de alforria é um papel que dá a liberdade pra gente e, então, nunca mais a gente é escravo de ninguém! Então, seu pai comprou a minha liberdade e me arrumou essa casinha pra eu ter o nosso filhinho livre e sempre comigo!

— O pai ganha muito dinheiro, né, mãe?

Dona Luiza deu um risinho e respondeu, com ironia:

— Seu pai não ganha dinheiro, Luizinho. Ele só gasta dinheiro. Ele tinha uma tia muito, muito rica. Um dia, essa tia morreu e tudo o que ela tinha ficou para o seu pai. Então, ele ficou muito, muito rico, como a tia. E aproveita essa riqueza toda, compra muitas coisas e passa a vida se divertindo.

— Ele que comprou esta cama gostosa pra você, né, mãe? E o guarda-comida, e aquela roupa bonita pra eu passear...

Naquela noite, todos já estavam dormindo, quando o pai de Luizinho entrou pela casa cantando e rindo. O pai aparecia pouco na casa de Luizinho, mas, quando ia, quase sempre era assim: tarde da noite, fazendo barulho e acordando o pequeno. Era sempre uma festa, muitos risos, o pai carregava o filho nos braços, jogava-o para cima, rodopiava com ele, fazia piruetas. E Luizinho ria, ria, até cansar com aquela folia toda e acabar adormecendo na rede.

A vida de Luizinho era simples e feliz, brincando no quintal, pegando goiaba na árvore, comendo as delícias que sempre havia em casa e acompanhando a mãe até a praça onde ela vendia os quitutes mais gostosos da Bahia. Lá, Luizinho brincava, mas nunca saía de perto da mãe porque tinha medo dos brancos. Dona Luiza não tinha medo, mas cuidava de não deixar ninguém perceber quando trocava recados com escravos do seu povo.

Um dia de muito calor, vendo que a mãe custava pra subir a ladeira, carregando sua banquinha, tão pesada, Luizinho teve uma ideia:

— Mãe, pede pro pai comprar um escravo pra nós! Aí, ele carrega esse peso todo e até pode nos levar de liteirinha[1]...

Nem acabou de falar, porque a mãe ficou muito brava e lhe deu um cascudo, duro de doer!

— Nunca fale uma coisa dessas, seu moleque! Ninguém tem direito de ter escravos! Gente não é bicho! Não se compra nem se vende, nem se obriga a trabalhar na pancada, ouviu?

Luizinho não respondeu nada, mas ouviu muito bem. A partir daquela hora, estava chorando de susto e de dor, mas, por toda a sua vida, ia se lembrar daquelas palavras da mãe.

Dona Luiza continuou falando, bem baixinho:

— Mas isso vai acabar, vai acabar bem antes do que se pensa.

E, ao dizer isso, seus olhos brilhavam muito.

---

[1] Liteira ou liteirinha era uma cadeira portátil usada como meio de transporte, coberta ou fechada, sustentada por duas varas compridas, muito comum no século XIX, sempre carregada por escravos.

A guerra dos malês

A casa de Luizinho ficava no arrabalde da cidade, numa rua pequenina, sem movimento e sem barulho. Só os passarinhos e os galos é que cantavam de manhãzinha, acordando dona Luiza para a lida de todo dia. E os latidos alegres do cachorrinho Banzo, que era o maior amigo de Luizinho e estava sempre pronto para pular e brincar.

Às vezes, de tarde, apareciam algumas pessoas para comprar doces, conversar um pouquinho.

Umas poucas vezes, Luizinho viu chegar alguém que não fazia barulho. Dona Luiza chamava Luizinho para dentro de casa, cuidando de ele não ver. Mas ele percebia o movimento, alguém passando pelo quintal, sumindo no mato do fundo da casa. Luizinho, para dizer a verdade, não enxergava nada, mas sentia um medo passando, assim como um cheiro que a gente sente e não sabe de onde vem, nem para onde vai...

Mas houve uma madrugada em que um barulho horrível foi crescendo no ar, a mãe saiu para olhar e voltou correndo, fechou a porta e a janela. Era um barulho distante e grosso, mas dava para pensar em passos pesados, passos corridos, berros de raiva e berros de dor. Depois, silêncio. Em seguida, voltava o barulho, às vezes mais distantes, às vezes mais perto. Foi assim, a manhã toda, e dona Luiza não quis levar Luizinho junto com ela para a praça. Passou pela casa de uma vizinha, para deixar o menino. Ela estava assustada.

— Tu não vai lá, tu não vai lá, não! — disse ela pra dona Luiza. — Aquilo me cheira mal, parece tropa pegando nego fugido!

Mas a mãe de Luizinho não ouviu o aviso. Estava tão apressada, cheia de pressentimentos, precisava saber o que estava acontecendo!

— Fica com o meu menino, por favor — pediu ela. — Cuida dele pra mim!

E saiu correndo, não ligando para o pequeno que insistia em ir com ela e que a vizinha segurou pela mão, prometendo um doce se ele se aquietasse.

Luizinho acabou se conformando, porque ele era obediente e gostava da vozinha, como ele chamava a vizinha. Foi brincar no quintal com outro molequinho que morava lá e era seu amigo.

O tempo passou, a noite chegou e Luizinho começou a ficar aperreado, porque a mãe não chegava para buscá-lo. A vozinha embalou o pequeno, mas o menino sentia medo, sem a mãe do seu lado, no escuro da noite, e só se aquietou quando pegou no sono, de cansaço.

No dia seguinte, Luizinho correu para a rua e viu sua mãe chegando, junto com um homem branco que era empregado do pai. Ficou assustado, porque ela estava suja e machucada, um olhar apagado e tão triste!

A vozinha também saiu correndo e ficou assustada. O homem entrou na casa, junto com a mulher, e aceitou o convite para tomar um refresco. Depois que deu ao filho todo o carinho que ele buscava, ali, agarradinho a ela, dona Luiza foi para o quintal a fim de se lavar e se recompor.

O menino, que agora não poderia ficar perto da mãe, foi ouvir a conversa dos grandes, curioso de saber o que tinha acontecido. Então, ficou sabendo que os brancos descobriram que os malês estavam preparando uma guerra, para se libertar.

— Eles, os malês, são homens muito fortes, são guerreiros! Ixe! São muito perigosos mesmo — dizia o homem que chegara com sua mãe. — Nem são cristãos, são mulçumanos, uma religião que os padres detestam.

— Mas o que eles queriam? Fugir?

— Pois eles queriam inverter tudo: fazer daqui uma nação sem escravos, onde eles seriam os senhores e a sua religião dominasse.

— Valha-me Deus! Que perigo! — exclamou a vozinha, benzendo-se.

— Mas nem tiveram tempo. Alguém que conhecia seus planos contou tudo pras autoridades. Daí, não esperaram: foram à caça dos malês, que estavam desprevenidos. Eles ainda tentaram lutar, mas era tarde. Foram todos presos. Não havia como escapar!

— Valha-me Deus, estes vão sofrer! — disse a vozinha, com pena. O homem chegou mais perto, para falar bem baixinho:

— Andaram dizendo que ela estava metida naquilo... E com o queixo, ele apontou dona Luiza.

— Foi até presa, apanhou! Mas os outros, mesmo no maior sofrimento, disseram que ela não tinha nada a ver e aí o patrão foi lá e pagou um bom dinheiro pra soltarem ela e me mandou trazer pra casa.

— Ela! Nem pensar! — disse a vizinha veementemente. — Isso é nega boa, trabalhadeira, não se mete com ninguém!

— Mas é do povo dos malês... nunca se sabe...

Nisso, dona Luiza voltava do quintal e os dois se calaram. Pouco depois, despediram-se da vizinha, e Luizinho saiu com a mãe e o homem, que acompanhou os dois até a casa. Dona Luiza ainda deu um pote de doce de banana para o homem, como agradecimento, antes de ele ir embora.

Depois, fechou a porta da casa e chorou muito tempo, o filhinho do lado acarinhando sua carapinha, tentando consolar.

Sua tristeza ficou como uma sombra, machucando; e ela nem conseguia sorrir quando, dias depois, o pai de Luizinho apareceu com uma garrafa, seu jeito alegre, querendo festejar que ela estava livre e com saúde.

— Tu me custou muito dinheiro, minha preta — disse ele. — Paguei duas alforrias por ti e a última foi a mais cara!

E naquela noite Luizinho teve que dormir na rede.

Doutor Sabino

Muito tempo se passou até que dona Luiza voltasse a vender seus quitutes na praça da cidade. E, muitas vezes, preferia deixar Luizinho na casa da vizinha, brincando com o amigo.

Depois, os olhos de Luiza começaram a brilhar novamente. Na praça, sua banquinha vivia cheia de gente em volta, negros e brancos, às vezes um cochicho disfarçado, um recado escrito, tudo outra vez.

Um ano já se passara daquela manhã barulhenta e triste, quando Luizinho ouviu outra vez o barulho distante de passos pesados, de gritos e bombas. Entrou em casa correndo, cuidando de a mãe não sair, tinha medo que ela custasse a voltar, como da outra vez.

Nada adiantou seu cuidado: foi levado de novo à casa da vizinha e ficou lá muito aborrecido, nem queria brincar com o amigo.

Mas dessa vez dona Luiza voltou contente, cheia de esperança. Abraçou o menino com força e havia luz nos seus olhos.

— Tudo vai mudar agora — disse ela. — Nunca mais vai haver escravidão na Bahia! Muitos são aqueles que estão do nosso lado e quem vai mandar na Bahia vai ser gente boa, escolhida pelo povo!

Agora, dona Luiza se punha muito bonita quando ia para a praça. E muito carregada dos seus quitutes. Luizinho começou a ajudar a carregar as coisas, acompanhado pelo amigo.

A praça vivia cheia de movimento e de luz, as pessoas passando num alvoroço, trazendo notícias de longe. Mas Luizinho já não sentia tanto medo, pois os brancos de chicote estavam mais escondidos e as pessoas pareciam mais alegres. Ele também saía com uma bandejinha vendendo os doces da mãe. Até aprendeu a contar as moedas.

Um dia, dona Luiza o chamou, toda contente. Lavou a cara e os pés dele numa bica, deu uma ajeitada na roupa que ele vestia, falando na sua voz cantada, dos dias alegres:

— Hoje, você vai conhecer um grande homem, meu serelepe. Um grande homem que vai mudar o mundo da Bahia. Pra quando você ficar grande, saber por quem você vai lutar!

Deu uma bandejinha de doces para Luizinho e carregou, ela mesma, uma grande bandeja de salgados, os melhores que sabia fazer. E foram andando em direção a uma porção de gente que se amontoava lá perto da praia. Era tanta gente, todos de costas para eles, que Luizinho achou que faziam uma parede difícil de atravessar. Mas dona Luiza foi gritando:

— Deixa a comida passar, deixa a comida passar...

E as pessoas iam abrindo caminho para eles, Luizinho muito orgulhoso, indo na frente. Uma mão agarrou um doce e Luizinho parou, esperando o pagamento. Com tanta gente, o menino não conseguia saber de quem era aquela mão, mas as pessoas riram e outra mão estendeu uma moedinha. Luizinho não aceitou:

— Essa não vale o doce, não! — explicou ele, muito seguro de si: — Precisa de duas! Então, as pessoas riram mais ainda e elogiaram a esperteza do menino. Dona Luiza também riu e o tocou de leve, para ele continuar em frente.

— Deixa pra lá, fio, hoje é tudo festa, a comida é pro doutor Sabino e é por conta. Não carece de pagar, não!

O doutor Sabino era um homem branco e com boas roupas, que olhou com simpatia para dona Luiza e o pequeno.

— É uma boa colaboradora nossa — disse um companheiro, apresentando a negra Luiza. — É a melhor quituteira da Bahia!

— E eu não sei?! – respondeu o doutor, alegre. – Já me deliciei na banca da dona Luiza!

— Este é Luizinho, meu filho. Um dia, também vai colaborar com vosmecê.

Aí, alguém contou o caso do doce e da moeda e o doutor olhou fundo nos olhos do molequinho.

— Então, já sabe contar, assim tão pequenininho?

— Sei contar até dez — respondeu o menino, muito à vontade. E já foi recitando os números.

O doutor ainda desafiou com um problema, só para ver como o pequeno se saía. Concentrado, ele pensou, e pensou, contou nos dedinhos e respondeu, bem certo! Toda gente que acompanhava aquela conversa sem pôr fé no garoto se espantou! Houve até palmas! O doutor Sabino tocou de leve a carapinha de Luizinho, dizendo:

— É inteligente o seu filho, dona Luiza, muito inteligente, mesmo! Decerto, havia de aproveitar bastante se aprendesse a ler e estudasse! Quando nosso governo se firmar aqui, na província da Bahia, vamos fazer escolas para todos os miúdos, para eles aprenderem. Porque quem sabe ler tem o futuro nas mãos!

A pequena multidão que rodeava o líder aplaudiu com palmas e vivas. E Luizinho saiu dali com o peito estufado de orgulho e felicidade!

— Mãe, esse doutor Sabino agora é o dono da Bahia?

— A Bahia já não tem dono — respondeu dona Luiza, meio rindo com a pergunta do filho. — O doutor Sabino é o líder do povo da Bahia, uma pessoa que todos respeitam e admiram; então, todos fazem o que ele pede. Ele é a pessoa mais importante do nosso movimento de libertação. Até chamam o movimento de Sabinada, por causa do doutor Sabino.

Triste separação

Foram tempos muito bons, aqueles, mas duraram pouco. Um dia, avisaram que havia tropas em volta da cidade, que vinham para lutar e acabar com o povo da Bahia. Luizinho passou a ouvir o barulho dos canhões e dos gritos, cada vez mais perto. E sua mãe não o levava mais quando saía.

Finalmente, os soldados chegaram, vindos de todo lado, atacando, pondo fogo nas casas, prendendo as pessoas. A negra Luiza saiu de casa apressada, puxando o filhinho pela mão. Foi encontrar com o pai de Luizinho, que estava com a mesma cara assustada.

— Você precisa se esconder, Luiza. E aqui não é o melhor lugar.

— Não vou me esconder. Vou fugir com alguns companheiros e continuar a luta. Vim aqui só pra trazer o menino. Ele fica com você até eu voltar.

— Comigo? — perguntou o pai, espantadíssimo

— Agora, só você pode cuidar dele, não vê? Olha, meu serelepe, você vai ficar uns dias com seu pai, até eu voltar.

— Eu quero ir com você, mãe! — disse o menino com voz chorosa.

— Não dá, eu vou muito longe, você morreria no caminho.

— Para onde você vai? — perguntou o pai de Luizinho.

— Vamos para o Rio de Janeiro. Pegue o seu filho!

Dona Luiza abraçou forte seu pequeno, a boca sorrindo e os olhos chorando. E entregou o menino ao pai antes de sair quase correndo.

— Eu quero ir com ela, eu quero ir com ela — gritava Luizinho, que quase se desgarrou das mãos do pai.

— Eu volto! Eu venho te buscar! — gritou a mãe, antes de desaparecer na esquina.

O pai abraçou o filho, procurando as palavras para consolá-lo. Então, o menino aquietou. Depois, caminharam de mãos dadas até a casinha na beirada da cidade.

O pai dormiu ali com Luizinho e, para distraí-lo, inventou histórias sobre o destino da preta Luiza.

— Ela vai pro Rio de Janeiro, lá onde mora o imperador. Vai viver na Corte, cercada de barões e marquesas, vai levar você pra falar com o imperador! E você precisa ficar muito comportado pra merecer essa honra.

No dia seguinte, Luizinho acordou antes do pai e se levantou, o coração tão pesado, que já não conseguia achar graça em nada. Sem saber o que fazer, acabou indo para a casa do seu amigo.

A vizinha viu-o chegar e o convidou para comer um angu com feijão.

Luizinho contou o que acontecera e a boa senhora mandou-o chamar o pai para tomar café com ela também.

O pai não recusou o convite e ficou contente de ver a afeição que ela tinha pelo menino.

— Por enquanto, não posso levar o Luiz para a minha casa. Vou ter que ajeitar algumas coisas antes. Não sei muito bem cuidar de crianças — comentou ele, meio atrapalhado.

— Eu cuido do pequeno — ofereceu-se a vizinha. — estou acostumada, ele sempre fica comigo quando a mãe não pode levá-lo com ela.

— Seria ótimo, não é, serelepe? — disse o pai, entusiasmado. — Eu posso lhe pagar uma mesada enquanto ficar com ele. — Tirou uma nota da carteira e entregou, apesar do protesto da senhora.

— Não carece...

Foi assim que o garotinho passou a morar na casa da vozinha. À noite, queria sempre estar na casa da mãe, ver se o pai chegava, com alguma notícia. Mas o pai quase nunca aparecia.

E, quando ficava sabendo da chegada de um barco, o menino corria até o porto, ver se a mãe tinha voltado, cumprindo a sua promessa. Olhava, esperava, vigiava.

Mas a mãe nunca voltou. E ele sempre ia embora para casa com o coração pesado de saudade e de tristeza.

A boa senhora que ficou cuidando de Luizinho não estava arrependida. Ele era um menino muito bom, obediente, amável com todos, sempre disposto a colaborar. E, junto com o amigo, brincava o tempo todo e nunca, nunca brigavam. Os dois tinham muitas ideias e passavam o dia inteiro arrumando um jeito de serem felizes. Corriam por todo canto, colhiam frutas no mato, faziam arapucas para passarinhos, construíam barquinhos de pau que punham para navegar no riacho. Também costumavam pescar pequenos lambaris, que assavam na fogueira e comiam com tudo, quando a fome apertava. Até traziam uns trocadinhos para casa. É que iam vender as frutas que colhiam, lá na praça. Luizinho sabia muita coisa que aprendera com a mãe: era bom de conta, sabia valorizar a mercadoria, sabia vender. O amigo aprendeu tudo com ele.

Numa manhã luminosa, quando voltava do riacho onde estivera pescando com o amigo, o garoto viu uma gente estranha entrando na sua casa, sem nem pedir licença.

— Dia! — disse ele, meio tímido. — Vosmecês estão precisando de alguma coisa?

— Ah, sim, se vocês puderem nos ajudar a descarregar a carroça e levar as coisas pra dentro da nossa casa, vai ser uma boa ajuda!

— Sua casa? Esta casa não é sua, é da minha mãe! – explicou Luizinho, atônito.

As pessoas se zangaram. Acharam que era uma brincadeira de mau gosto. Enxotaram o menino, dizendo que agora a casa era delas, tinham comprado e por bom dinheiro!

A vizinha ficou sabendo que o pai de Luizinho tinha mesmo vendido a casa de dona Luiza, numa hora de precisão.

— Malvadeza... nem lembra que tem um filho! — comentou ela.

— O menino não precisa de casa, pois vai morar comigo — explicou o pai, que apareceu no dia seguinte. — Só mais uns dias e eu venho te buscar, Luiz.

Os dias passaram, Luizinho esperando o pai e a boa senhora descrente, certa de que o homem esquecia do filho.

O navio negreiro

Se a vizinha achava que o jovem branco nem lembrava que tinha um filho, enganou-se.

Não se passou muito tempo e ele veio buscar Luizinho, que ficou radiante e pediu notícias da mãe.

— Nunca mais vi sua mãe, desde o dia em que ela foi para o Rio de Janeiro — disse o pai, meio distraído.

— E se vosmecê fosse para o Rio? Não encontrava ela?

— Talvez. Mas, agora, vou levar você comigo. Que já está bem grandinho, com doze anos!

— Estou com dez anos — corrigiu o garoto, que sabia contar muito bem.

— Mas é alto, bem formado, tem aparência de doze — insistiu o branco.

— Não leva ele, não — pediu a vizinha, cheia de tristeza. — Ele está tão bem aqui! Dona Luiza me confiava o menino e ele sempre foi tratado aqui como um filho!

— Eu venho todo dia aqui, vozinha. Pode deixar — prometeu Luizinho, que estava todo contente em virtude de o pai querer ficar com ele.

Foi tudo muito rápido: na hora da despedida, o menino abraçou o amigo e a pobre senhora, que chorava. O homem, aborrecido com aquela cena, foi andando tão depressa que Luizinho teve que correr para alcançá-lo.

Luizinho tentou falar com o pai, mas ele não respondeu. Nem olhava para o garoto, parecia longe, perdido nos pensamentos. Caminharam na direção do porto. Lá se embarcava a carga num navio grande, Luizinho conhecia bem o movimento dos negros carregando pesadas sacas, de um lado para outro.

— Ei, Luizinho — gritou um rapaz que costumava comprar as frutas que ele vendia.

Mas o menino nem pôde responder, o pai apressando:

— Vamos, vamos, não vai ficar parando por aí...

Andaram pelo meio da multidão, no burburinho da praça, até onde estava um homem gordo que negociava escravos. Luizinho conhecia bem aquele comerciante que sempre vinha embarcar escravos ali no porto.

O pai empurrou o garoto na direção do homem e disse, meio rouco:

— Olha! Está aí o moleque.

O homem examinou atentamente o garotinho, que, sem saber bem por quê, se sentiu muito mal com aquele olhar.

— É isso que você me traz? Não vale o dinheiro que me pediu. Miúdo demais.

— Essa não! — exclamou o pai, irritado. — O moleque já está criado, é forte e saudável. O que quer mais?

O gordo estendeu um dinheiro para o branco.

— É isso que eu vou dar. É pegar ou largar.

O pai de Luizinho pegou as notas com sofreguidão, suas mãos tremiam. E saiu dali com a mesma pressa. O filho tentou seguir os passos do pai, mas logo foi barrado pela mão do comerciante.

— Ei, moleque, aonde pensa que vai?

— O meu pai... — balbuciou o garoto, aturdido, tentando ver o homem que já tinha sumido na multidão.

O gordo nem ouviu. Empurrou o garoto para um dos empregados.

— Leva ele.

Luizinho não quis ouvir mais nada. Escapuliu-se da mão que o segurava e tentou se esgueirar no meio das pessoas.

— Pega, pega! — ouviu gritarem.

Bateu de encontro com pessoas que barraram o seu caminho.

Tentou desviar, mas logo foi agarrado e atirado ao chão com brutalidade. Um chute no nariz acabou de atordoar seus sentidos. Aos tapas e empurrões, foi levado até o grupo de negros que estavam ali amontoados. Uma coleira de ferro se fechou em torno do seu pescoço. Uma corrente prendeu-o a uma negra que chorava e tremia.

Ele também tremia, mas não chorava. A respiração mal passava pela garganta apertada. Mas não queria, não sabia chorar na frente dos outros. Via o mundo turvo em volta dele. Por dentro, uma dor enorme, uma dor sem nome... Sabia de tudo, mas não entendia nada.

Um branco passou ali e levantou o queixo do garoto, examinou o rosto machucado.

— Mas este não é o Luizinho? O filho da malê?

— Esse mesmo — respondeu um outro, divertido.

— Mas ele não era livre?

— Você disse bem: era! Acabou de ser vendido aqui, pelo próprio pai! — E deu uma gargalhada.

— Vendido pelo pai?? — estranhou o outro.

— Um almofadinha que torrou uma fortuna nas farras e está tão pobre que precisou vender o molequinho para pagar uma dívida de jogo.

— Homessa! — exclamou o branco curioso. — E, agora, pra onde ele vai?

— Vai embarcar pro Rio de Janeiro, junto com as outras peças.

"Vai embarcar para o Rio de Janeiro... Rio de Janeiro...". A voz soava por dentro do moleque Luiz.

Uma luzinha estava começando a espetar a escuridão: Rio de Janeiro era para onde fora sua mãe. Dona Luiza estava no Rio de Janeiro.

E a certeza de encontrar a mãe naquele lugar distante foi a única força que o ajudou a suportar o atroz sofrimento.

Não viu passar os dias no porão escuro para onde foi jogado junto com seus companheiros de infortúnio.

A viagem de navio foi um longo mal-estar feito de escuridão, medo, dor e enjoo.

Mercado de escravos

Quando o moleque Luiz foi tocado para fora do navio, junto com os outros negros, estava magro, doente, as pernas fracas para andar, os olhos semicerrados por causa da luz forte do sol.

Mas, ao ouvir falar que chegavam ao Rio de Janeiro, acendeu nele a esperança de encontrar a mãe. Foi descendo pela rampa do navio e espichando os olhos, à procura da negra malê.

O porto do Rio de Janeiro não era muito diferente daquele de Salvador. Tinha também a sua praça cheia de gente, o burburinho das cargas carregadas de um lado para outro, o movimento das pessoas, o mercado de escravos...

Antes de expor suas peças — era assim que os brancos chamavam os negros que comerciavam —, o mercador mandou que se lavassem bem numa bica que havia ali perto. Lavados, os negros pareciam mais bonitos e sadios, com mais valor para a venda.

O moleque Luiz gostou de se banhar na água fresca e seus olhos entristeceram quando lembrou dos banhos de rio que gostava de tomar com seu amigo lá nas terras da Bahia. Parecia que muitos anos separavam sua vida de menino livre e feliz da horrível vida de cativo que começara havia poucos dias.

Os negros foram levados para o mercado, onde ficaram amontoados, num canto, expostos, como mercadoria. Os brancos vinham, apontavam um ou outro, o negro escolhido dava uns passos à frente, os brancos o examinavam, contavam os dentes, apalpavam as pernas, discutiam o preço... E os negros só olhando, calados e assustados, sem saber o que seria de sua vida.

Não demorou muito tempo. Uma hora, chamaram todos os negros que estavam ali, alguém tinha se interessado em arrematar todos eles, por um preço mais em conta.

Foi aí que o moleque, que espiava tudo, viu sua mãe ao lado de uma banquinha de quitutes, e seu coração deu um pulo. Correu para ela, fazendo um alvoroço, uma alegria iluminando tudo.

— Pega, pega o fujão — gritaram em volta dele.

— Mãe! — gritou Luiz, tocando o vestido da quituteira.

A mulher se virou, surpresa. E Luiz estacou, percebendo o engano. Não era dona Luiza, sua mãe. As pessoas em volta riram quando o capataz o agarrou bruscamente e o empurrou na direção dos outros escravos, caçoando.

— Aqui nego não tem mãe, não, moleque! Nego tem é dono, num sabe?

O garoto se encolheu no canto, vontade de se esconder, o coração pesado com a decepção e a vergonha...

"Eu tenho mãe, sim, eu tenho mãe e vou encontrar ela, vocês vão ver!", disse ele intimamente, espremendo as lágrimas para ninguém ver.

Mas a mulher do negociante de escravos viu a cena e ordenou ao capataz que lhe trouxesse o pequeno.

— Deixa ele comigo, que é ainda uma criança, crueldade! Vem aqui, molequinho, tu precisa de um banho, roupa trocada, comida, que está magrinho de doer!

E a dona Vieira puxou Luizinho, afagou-lhe o rosto num carinho, levou-o para dentro da casa, onde, com cuidados de mãe, esfregou o moleque com uma esponja macia e perfumada. Suas filhas vieram conhecer o molequinho que o pai comprara e trataram-no com a mesma simpatia. Uma doce lembrança de quando era apenas o serelepe da dona Luiza encheu o peito do moleque e as lágrimas quentes se misturaram com a água morna da bacia. Quando terminou o banho, não encontraram a roupa adequada para o moleque. Acabaram vestindo-o com uma saia velha, o que provocou muitas risadas misturadas com carinho. Depois de muito tempo, o moleque Luiz voltou a sorrir.

Luizinho foi levado à grande cozinha da casa, onde lhe serviram delicioso almoço. Desde que o pai o tirara da casa

da vizinha, não tinha comido quase nada. E, depois de comer, de ser tratado com carinho, Luizinho caiu num sono profundo, para acordar de volta ao pesadelo da escravidão.

De nada adiantaram os protestos das bondosas mulheres, nem as lágrimas desesperadas, Luiz foi levado de volta à companhia dos outros escravos, já havia sido comprado pelo alferes Antônio Cardoso, que comerciava escravos para a lavoura do café em São Paulo.

Pouco depois, foi empurrado com seus companheiros de volta para um navio. Outra vez a viagem no porão, o enjoo, a tristeza sem fim...

Desembarcaram em Santos e nem tiveram tempo para se lavar. Foram logo tocados para fora, na direção da longa estrada que levava para as montanhas.

Foram muitos dias de caminhada até chegar a mais um mercado de escravos onde já havia gente esperando para comprar as peças que o alferes trouxera do Rio de Janeiro.

Os homens mais fortes logo foram embora, levados pelos fazendeiros brancos. Depois, as mulheres, os mais fracos...

Um velho chegou perto de Luiz, rodeou-o e, sem cerimônia, examinou seus dentes, gostou de ver que eles estavam inteiros e eram claros e bonitos.

— É um bonito moleque, daria um bom pajem para servir meus filhos — disse, satisfeito. — De onde ele vem?

— Vem lá da Bahia, uma peça das mais bonitas que arrematei para os senhores desta província! — respondeu o alferes, todo animado para vender.

— Da Bahia? Então é um malê, com certeza! Pois não quero um malê na minha casa, nem que me paguem! São uns negros revoltados, descrentes! Fez bem o seu antigo dono, que se desfez da peça ainda pequena, antes de lhe dar aborrecimentos!

— Não, senhor, o moleque até que é manso, quietinho; desde que eu o comprei, não deu nenhum trabalho — insistiu o alferes.

— Pois então, se é tão bom assim, fique com ele — retrucou o velho, sem se convencer.

E foi o que aconteceu: o alferes teve que levar Luiz para a sua casa, pois ninguém queria comprar um malê que vinha da Bahia e tinha fama de escravo rebelde.

— O que eu vou fazer com esse moleque aqui? É miúdo demais para render na lavoura — disse ele para a mulher, quando chegou em casa.

— Pois deixa comigo — respondeu ela. — Parece jeitoso, pode servir na casa, cuidar das suas roupas, engraxar suas botas, ajudar na cozinha.

Foi assim que o moleque Luiz começou sua vida como escravizado na casa do alferes Antônio Pereira Cardoso. Com apenas dez anos, já trabalhava muito, o dia inteiro, sem domingo nem feriado.

— Não fica triste, não, guri! Aqui ainda é bom, a gente pode comer bem, o trabalho é mais leve, você vai se acostumar — consolou uma mucama jovem, que era bonita e alegre e sentia pena de ver a tristeza do pequeno.

E Luiz foi se acostumando com a vida e o trabalho ali na casa do alferes. Até conseguia se divertir com as conversas animadas na cozinha, as brincadeiras das mucamas, as novidades que ouvia quando estava servindo aos seus senhores, as histórias dos orixás contadas à noite, na senzala.

Como sempre, era esperto e prestativo, ajudava a todos, estava sempre bem-humorado, porque era o seu jeito de ser.

E todos gostavam dele ali: a cozinheira sempre guardava uma gulodice para ele, as mucamas protegiam suas escapadas para brincar um pouquinho no quintal, os negros velhos faziam mandingas para curar suas dores.

O moleque Luiz só não gostava mesmo de ouvir os gritos dos escravos que apanhavam. Os berros entravam no seu estômago, repicavam no seu coração, amargavam a sua boca. E ele ficava com uma raiva enorme tomando conta de tudo. Nessa hora, parece que seu sangue malê fervia e a voz da mãe soava por dentro: *Ninguém tem direito de ter escravos; gente não é bicho, não!*

Amigo de um jovem branco

Um dia, chegou lá um sobrinho do alferes que morava numa fazenda em Campinas, no interior do Estado, para estudar em Lorena.

Sinhá chamou o moleque Luiz e recomendou:

— O moço carece de cuidados, precisa ter tudo em ordem pra se dedicar só ao estudo. Tu vai cuidar dele que nem se fosse um anjo da guarda, entende? Atende os pedidos dele, ajuda no que precisar, prepara o banho, cuida das roupas, engraxa as botas todos os dias: ele precisa estar muito bem apresentado, vai ser um doutor, e serve o chá de capim-santo antes dele deitar, que é para dormir bem.

O moleque Luiz ficou contente, pois gostava de novidades. Mas nunca poderia imaginar tudo o que estava para lhe acontecer.

O jovem Antônio Rodrigues do Prado Júnior era um rapazinho branco, simpático e cheio de ideias. Logo fez amizade com o moleque, com quem gostava de conversar, contar suas descobertas de estudante e seus amores com as mocinhas do lugar. Às vezes, lia alto alguma história que achava interessante, fazia perguntas. O moleque Luiz ouvia, respondia, comentava. Um dia, até ajudou a encontrar uma boa rima para a trovinha que Antônio estava compondo para impressionar a moça dos seus sonhos. O rapaz ficou admirado e dali por diante, quando o moleque Luiz lhe trazia o chá da noite, ficavam os dois brincando de fazer desafios com trovinhas.

— Parece-me que és bem inteligente, Luiz — disse Antônio Rodrigues. — O que não poderias ser, se tivesses estudo...

Aquelas palavras despertaram no moleque lembranças muito antigas, e a imagem do doutor Sabino, lá na Bahia, reapareceu, luminosa, prometendo boas coisas. Uma tristeza emergiu lá do fundo.

— Uma vez já me falaram isso e eu acreditei que seria um grande homem. Mas qual! A gente vive pra ser burro de carga mesmo.

— Ora, ora, será que tu gostarias de estudar? Aprender a ler?

— Minha Virgem Santa! Como eu tenho vontade de ler assim como vosmecê!

— E por que não? Eu posso te ensinar e, se te aplicares bem, pode ser que aprendas a ler e a escrever!

E, como se entusiasmaram com a ideia e tinham pressa, ali mesmo, sob a fraca luz das velas, Antônio apresentou as primeiras letras para o moleque Luiz.

Nunca se viu aluno mais aplicado, mais esforçado! À noite, espichava seu tempo até tarde no quarto de Antônio. Mesmo quando o rapaz, já cansado, adormecia, ele ficava ali, estudando as letras, sob a luz da vela. De dia, às escondidas, escrevia as letras com pedacinhos de carvão, com gravetos, no chão; qualquer tempinho que conseguia, aproveitava para quebrar a cabeça com as letras e as palavras.

Inteligente e esforçado, em menos de um ano Luiz estava lendo feito gente grande!

E quem sabe ler encontra sempre o que fazer. Antônio emprestava livros e revistas, o moleque guardava os jornais que os patrões mandavam botar fora.

E quem lê, aprende. Descobre um monte de coisas, fica sabendo das coisas da vida e do mundo.

Um dia, o moleque Luiz descobriu que quem nascia livre no Brasil nunca podia ser feito escravo. Levou um susto, foi pedir explicações a Antônio.

— Seu Antônio, é verdade que quem nasce livre por aqui nunca pode virar escravo?

— É verdade. Quem nasce livre é livre pra sempre.

— E se alguém que é livre é vendido como escravo?

— Não pode. Quem vende pode ir preso, quem compra perde a peça na hora.

O moleque não falou mais nada, ficou quieto, só cismando. De noite, deitado no chão frio da senzala, não conseguia dormir.

"Eu sou livre, ninguém pode me fazer escravo, eu sou livre", repetia, cheio de um sentimento de surpresa e alegria. Pensou em ir falar logo para o alferes a sua descoberta, libertar-se de uma vez! Mas logo percebeu que não ia dar certo.

"E quem vai acreditar em mim? Como é que eu posso provar que nasci livre? O mais certo é que vão rir de mim... Vendido pelo próprio pai! Quem vai acreditar? O mais certo é o alferes ainda me castigar pra eu deixar de ser mentiroso..."

E o moleque Luiz, que não era bobo, teve vontade de chorar, sabendo que tinha o direito de ser livre e que não tinha como escapar da escravidão.

A fuga

Não foi por muito tempo que Luiz, o moleque que sabia ler, sentiu-se encurralado pela injustiça da escravidão.

Se não podia provar que era livre e que nunca poderia ter sido escravo, por enquanto haveria de conseguir a sua liberdade de outra forma. Ia fugir dali, com certeza!

Mas não ia fugir, assim, de qualquer jeito, como faziam muitos escravos, que eram pegos de volta e cruelmente castigados pelos senhores.

O moleque Luiz planejou a fuga sem muita pressa, para dar tudo certo e ter sua liberdade, sem correr o risco de ser pego.

A primeira inspiração veio ao ler um artigo de jornal que informava sobre a inscrição de negros na Guarda Nacional. De acordo com a notícia, os senhores de escravos poderiam oferecer um ou mais escravos para integrarem o contingente militar. Com isso, ganhavam prestígio como cidadãos beneméritos, podiam se redimir de alguma dívida que tinham com o governo, ou receber benefícios. O escravo, por sua vez, tornava-se um homem livre e ninguém poderia reclamar. No jornal também havia uma lista de postos da Guarda com os endereços.

O moleque Luiz guardou com muito cuidado o jornal com tal notícia.

"Se eu conseguir chegar a um posto antes de ser pego, estou salvo!", pensou.

Foram muitas noites que ele passou para conseguir escrever uma carta de apresentação de si mesmo, como se fosse um escravizado cedido pelo seu senhor. Guardou a carta junto com o artigo do jornal com o maior carinho para não estragar nem amassar o papel!

Então, começou a arquitetar a fuga da casa dos seus donos. Tinha que escolher o melhor dia, a melhor hora, a melhor forma de se afastar sem ser notado por um bom tempo. Se fizesse tudo bem diferente do jeito de fugir dos escravos, poderia confundir os seus perseguidores.

Tudo aconteceu como tinha planejado: seria uma quarta-feira, quando sua senhora costumava fazer uma longa visita a uma parente que morava afastada, perto da cidade.

A senhora gostava de ir sozinha a cavalo, mas, quando chovia, usava uma charrete e, nessas ocasiões, o moleque ia com ela, fazendo o serviço de cocheiro.

Naquela tarde, ela já se preparava para montar o cavalo, quando o moleque veio com uma cesta com bonitas laranjas do pomar.

— O senhor alferes mandou entregar para a sua prima.

— Ué!? — estranhou a patroa. — Ele nunca foi dado a essas gentilezas com ela, e nem me falou nada...

O moleque ficou quieto, com cara de quem não tinha resposta. A patroa suspirou.

— Mas pra levar tudo isso vou precisar ir de charrete. Se apressa, moleque, apronta logo tudo para sairmos!

O moleque Luiz não esperava outra coisa: voltou num instante, pois já tinha aprontado tudo!

Quando chegaram à casa da parente, a senhora desceu da charrete e o moleque pediu, com muito respeito:

— Posso ir rezar ali na igreja enquanto a sinhá toma o chá?

Sinhá não se surpreendeu com o pedido, pois já era a segunda vez que o rapazinho lhe pedia para rezar enquanto ela visitava a prima.

— Pode. E acende uma vela pra Virgem em meu nome — respondeu ela, dando uma moedinha para ele comprar a vela.

O moleque abriu seu lindo sorriso e saiu num passo ligeiro. E a senhora nem percebeu que, além da moeda, ele levava uma sacolinha de pano com algumas coisas.

Na igreja, o jovem acendeu a vela encomendada e também aproveitou para pedir a proteção da Virgem. Era agora que ia correr o maior perigo! Seu plano não era difícil, mas era, como todos os planos de fuga, muito arriscado.

A igreja estava vazia naquela hora. Num cantinho escuro, atrás de uma imagem de santo, ele vestiu uma camisa e uns sapatos velhos, presentes do amigo branco. Cobriu a cabeça com um chapéu amassado que seu senhor tinha mandado jogar fora e que ele arrumara da melhor forma possível.

Quando saiu da igreja, já não parecia um escravizado, mas, sim, um liberto. Na sacolinha, levava pouca coisa pessoal: um canivete e a carta que escrevera, protegida pela folha de jornal.

Então, andou pela rua muito ereto, com ar de confiança e torcendo para que ninguém percebesse quem era de verdade. Foi até uma estradinha que era o caminho dos tropeiros vindos das fazendas do norte do Estado em direção a São Paulo.

Ali, conseguiu se misturar à primeira tropa que vinha quando ajudou a cuidar de um animal machucado. Mostrou seu papel para o capitão e perguntou se sabia como chegar ao posto da guarda onde devia se alistar. O homem mal sabia ler, mas não duvidou do moleque que trazia um papel escrito: deixou que o acompanhasse até a cidade de São Paulo. Foram dois dias de caminhada bem cansativa até chegar ao seu destino. Mas, com o grupo, o moleque Luiz se sentia protegido, sem risco de ser descoberto.

Quando chegou ao lugar que procurava e viu o casarão de muros altos e janelas gradeadas, parou no meio da calçada, inseguro. E se ali descobrissem a sua farsa? E se o prendessem e o devolvessem ao dono, ou o vendessem, uma peça que se entregava assim tão facilmente?

Mas sua hesitação durou pouco: as pessoas que passavam na rua esbarravam nele como que o empurrando para a porta. Respirou fundo, pegou seu papel com cuidado e foi entrando bem devagar. Logo uma sentinela o abordou rudemente:

— Ei! Onde pensa que vai, bode?

— Meu senhor me mandou pra servir o exército do imperador — respondeu o moleque Luiz, humildemente. Mandou-me entregar este papel para as autoridades. — E estendeu-o para o soldado, que chamou um colega para pegar, já que não podia deixar o seu posto.

O soldado olhou o negro de cima a baixo com desprezo. Mas pegou o papel para levar ao seu superior. Naquele tempo em que a maioria das pessoas não sabia ler, um papel escrito sempre tinha importância...

O jovem Luiz ficou ali mesmo na entrada, fingindo calma enquanto seu coração batia depressa de aflição. Tempos depois, apareceu o tenente com um papel na mão.

— Quem é Luiz Gama?

— Sou eu, senhor.

— Então, seu dono resolveu te ceder para o exército? Por que ele fez isso? Boa coisa é que não deves ser — caçoou.

— Parece que foi promessa — respondeu logo Luiz, que já havia imaginado que lhe perguntariam isso.

Promessa era sempre uma boa resposta, pois todo mundo fazia e pagava promessas, desde as mais corriqueiras até as mais extravagantes. E, quando se tratava de promessa, o costume era respeitar a decisão, aceitar sem discutir nem especular.

Assim, o jovem Luiz, depois de esperar um bom tempo e ser a novidade do dia no quartel, foi levado para dentro, recebeu um uniforme usado, um sermão ameaçador do oficial de plantão e percebeu que seu plano tinha dado certo e já tinha um lugar ali.

Um calor subiu do seu peito de tanta alegria escondida: agora, sabia que voltara a ser livre!

Um soldado

A vida de soldado não era nada fácil: muitas ocupações, exercícios e treinos exaustivos, comida ruim, noites maldormidas e tratamento rude. Os soldados estavam sempre por baixo, mas os soldados negros conseguiam ficar ainda mais por baixo: recebiam os piores serviços e lugares; todos se sentiam no direito de ofender e maltratar os negros.

Mas o soldado Luiz conseguia ser alegre assim mesmo: vivia compondo versinhos engraçados, fazendo piada de tudo. Como num dia em que um tenente mal-humorado resolveu implicar com ele: aos berros, falou um monte e terminou repetindo o xingamento de bode fedorento.

Quando o oficial saiu, deixou os colegas do soldado Luiz espantados e com pena dele. Mas o rapazinho logo fez uns versos que deixaram todo mundo aliviado e rindo muito:

Hão de chamar-me — tarelo,
Bode, negro, Mongibelo;

Porém eu que não me abalo,
Vou tangendo o meu badalo
Se negro sou, ou sou bode
Pouco importa. O que isto pode?
Bodes há de toda a casta,
Pois que a espécie é muito vasta.

Era assim que o soldado Luiz conseguia superar as dificuldades e as ofensas; os companheiros estavam sempre rindo à sua volta e criaram simpatia por ele. Conquistou muitos amigos e isso compensava os maus-tratos.

A outra grande alegria do jovem soldado era a leitura: estava sempre com um livro ou jornal na mão e as horas de folga passava no mundo fantástico que a leitura lhe abria. Então, o tempo passava tão rápido que se espantava!

O caderno

Seu primeiro soldo — o pequeno salário pago aos soldados —, o jovem Luiz gastou-o quase todo comprando livros, caderno, pena e tinta para escrever. Porque o jovem Luiz também fazia outros versos, mais tristes ou mais românticos, que ele gostava de escrever naquele caderno que acabou mudando a sua vida.

Foi numa tarde chuvosa, os soldados espalhados sem muita ocupação, Luiz aproveitando para escrever no seu caderno. De repente, chegam oficiais, causando rebuliço na tropa: o tenente e dois capitães.

— Sentido! — gritou o tenente e os soldados se empertigaram, todos de pé, mão na testa, supersérios, como se deve. O caderno do soldado Luiz escorregou para o chão e ali ficou.

— Soldados, a postos! — tornou a gritar o tenente e os recrutas se juntaram depressa, formando o batalhão.

Então, o tenente convidou um capitão para passar a tropa em revista. Isso quer dizer que o capitão passava e repassava pela fila de soldados verificando se estavam com os uniformes em ordem, as botas brilhando, os bonés colocados corretamente sobre os cabelos bem cortados. Quem não estivesse nos trinques era chamado para ficar na frente do batalhão, levar bronca e castigo.

Às vezes, os oficiais gostavam de pilhar assim os pobres soldados desprevenidos, só para se divertir com suas caras desoladas. Nesse dia, catorze soldados foram chamados, a maior parte porque estavam descalços, deixando os pés livres das botas apertadas. Luiz era um deles. Mas o pior ainda estava por vir.

De repente, por trás do capitão que dava bronca nos soldados, apareceu um oficial de alta patente, um... Major! O capitão estava de costas, mas percebeu a novidade pelo olhar dos soldados. Virou-se e interrompeu tudo ao ver seu superior!

— Continue, capitão — disse o Major, bonachão. E ficou ali ouvindo, as mãos nas costas, os olhos passeando pelo pátio. E os olhos deram com o caderno do soldado Luiz no chão. O Major se aproximou, pegou o caderno e começou a folhear, para aflição do pobre soldado! Quando o capitão se calou, o Major perguntou:

— De quem é este caderno?

— Meu, senhor — respondeu Luiz, já preparando os ouvidos.

— Seu?? — perguntou o oficial, espantado.

— Sim, senhor.

— E quem escreveu essas páginas?

— Eu, senhor.

— Você? — continuou o Major, sem disfarçar a surpresa. É que naquele tempo quase nenhum soldado sabia ler e escrever, ainda mais um soldado negro; era praticamente impossível!

— Sim, senhor.

— Então, me acompanhe — disse o oficial gravemente.

O pobre soldado seguiu o superior aflito, pensando: "Ele não gostou do que leu no caderno, está na cara!"

Entraram na sala do Major, que era grande e clara. O oficial mandou Luiz sentar-se à mesa, onde havia papéis, penas e tinta.

— Escreve o que eu vou ditar — ordenou o Major.

Um pouco aliviado por receber uma ordem em vez de uma bronca, o soldado escreveu com facilidade o que o superior ditava. Várias vezes o Major interrompeu o ditado para verificar a escrita do rapaz. Por fim, satisfeito, disse:

— Você escreve bem e tem boa letra. Ainda é um pouco lento, mas com treino pode melhorar. O tenente que era meu copista foi transferido e eu preciso de alguém para fazer esse serviço. Quer tentar? Já aviso que vai ter que melhorar na rapidez.

— Sim, senhor — respondeu o jovem Luiz, tentando disfarçar sua alegria.

Naquela época não havia nada dessas coisas de digitar. Tudo o que precisava ser escrito, como cartas e mensagens, contratos e documentos era feito a mão por pessoas que tinham boa letra, fácil de ler. Eram os copistas. A ocupação de copista era mais rendosa e mais respeitada do que a do soldado. E para Luiz, que gostava de escrever, muito mais fácil e agradável.

Inteligente, habilidoso e muito esforçado, logo o soldado Luiz se tornou um ótimo copista, apreciado pelo Major, que se tornou um bom amigo. E não demoraria para ser promovido a cabo.

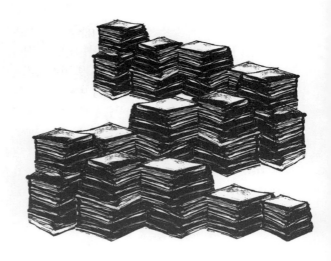

O amanuense

Muitas vezes, quando o Major se via atolado de trabalho, o soldado Luiz usava seus dias de folga para ajudá-lo e ganhar um dinheirinho extra. Nesses dias, era comum ficar na casa do oficial, onde usava o bonito e claro escritório da casa e ainda lhe serviam um bom almoço.

Pois foi num domingo na casa do Major que o jovem Luiz conheceu o Conselheiro Francisco Furtado, que se tornaria seu querido mestre e grande amigo.

Estava almoçando com o Major e se queixava das dificuldades de encontrar amanuenses competentes para dar conta das atividades do seu escritório de advocacia que estava cada vez com mais trabalho.

Amanuenses eram um tipo mais graduado de copista que, além de transcrever textos escritos ou ditados, também eram capazes de redigir pequenas matérias e documentos oficiais.

— Pois eu tenho a meu serviço um copista que pode se tornar um ótimo amanuense — disse o Major. — Tem boa caligrafia, escreve rápido, erra pouco e, por vezes, ele mesmo me sugere textos básicos. Está se tornando tão necessário que pretendo dispensá-lo das atividades de soldado dois dias por semana para ficar só me servindo. Poderia dispensá-lo mais um ou dois dias para que possa lhe servir também em momentos de precisão.

— É uma boa ideia, meu amigo. Mande-o ao meu escritório um dia desses para eu ver se poderá me servir. Tenho pressa.

— Posso fazer isso agora mesmo, pois ele está aqui no meu escritório copiando um trabalho urgente.

— Então, vamos lá! Será que hoje é meu dia de sorte? Venho almoçar com o amigo e levo um amanuense de sobremesa! — brincou o Conselheiro.

Mas o Major permaneceu sentado e disse:

— Antes devo lhe dizer mais uma coisa: ele é negro.

— Negro? — perguntou o outro, espantadíssimo.

— Sim. Negro. Até uns cinco anos era escravo e analfabeto. Eu não recomendaria esse rapaz para outra pessoa porque os brancos em geral acreditam que os negros são inferiores, incapazes de aprender ofícios mais sofisticados. Mas sei que você sempre combateu essa crença, afirmando que os negros são tão inteligentes e sensíveis quanto os brancos e que o que é inferior é a educação que recebem e as oportunidades que a eles se oferecem.

— Tenho certeza disso, meu amigo, mas devo lhe confessar que custo a acreditar: analfabeto até poucos anos e tornar-se já um amanuense! Isso é um prodígio! Mas vamos conhecê-lo agora mesmo, pois estou curioso demais!

Os dois homens entraram no escritório onde Luiz estava trabalhando. Cumprimentaram o rapaz e o Major pediu que ele mostrasse e explicasse o que estava fazendo. O Conselheiro ouviu atentamente a leitura e as explicações, analisou seus escritos.

— Com quem aprendeu a ler e escrever, meu caro? — perguntou ele, admirado.

Luiz se surpreendeu com aquele tratamento. Nunca havia sido chamado assim, de "meu caro"! Então, respondeu muito respeitosamente.

— Com um amigo, senhor. Um rapaz que veio estudar na cidade onde eu morava.

— E ele teve paciência para lhe ensinar tudo o que sabe? Estudava para ser professor?

Luiz sorriu.

— Não, senhor. Com ele, descobri o mecanismo das letras e das palavras. Depois, aprendi praticando, lendo e escrevendo. Ele me emprestou livros e folhetos, além daquilo que ele mesmo escrevia. E eu li tudo o que pude encontrar. Também já aprendi muito trabalhando com o Major.

— Muito bem, você foi um bom aluno!

E, virando-se para o Major, o Conselheiro comentou:

— Quem me dera todos os meus alunos fossem assim!

O Major entendeu e logo perguntou a Luiz:

— Você gostaria de aprender o ofício de amanuense trabalhando com este meu amigo, o Conselheiro Furtado, soldado Luiz?

— Sim, senhor! — respondeu o jovem, contente.

No dia seguinte, o Major providenciou a transferência do soldado Luiz, que, promovido a cabo, passaria pelo menos quatro dias da semana trabalhando como amanuense, sendo dois dias com o Major e dois dias com o Conselheiro.

Querido mestre

Quando Luiz entrou pela primeira vez na sala do Conselheiro Furtado, ele estava sozinho, sentado a uma escrivaninha cheia de livros e pastas empilhados.

O bom homem o recebeu com simpatia e logo começou a explicar como era o serviço ali e o que esperava dele.

A primeira boa surpresa do soldado foi a forma como era orientado sobre o que deveria ser feito: estava acostumado a receber ordens em poucas palavras e reprimendas quando errava. Mas o Conselheiro não fazia isso: ele mostrava o que fazer e explicava por quê, enriquecia suas explicações com exemplos, relacionava cada parte com o todo, cada ação com a sua consequência; quando encontrava erros, também explicava por que estava errado; muitas vezes desafiava o rapaz, perguntando o que faria em alguma situação e aprovava as respostas certas com satisfação. Era a primeira vez que Luiz tinha um professor de verdade!

O rapaz ouvia as explicações como uma pessoa com muita sede que bebe uma água fresquinha. Percebia que a cada dia ali seu entendimento crescia, como se estivesse abrindo muitas portas, encontrando novas paisagens. Também gostava dos desafios que tentava sempre acertar.

O Conselheiro também gostava de ver o interesse, a fome de conhecimentos e a incrível capacidade do seu novo discípulo.

Percebeu seu gosto pelos livros e todo dia escolhia um de seus exemplares para emprestar para ele.

Tempos depois, o Conselheiro voltou para almoçar na casa do Major. Era um almoço de despedida, pois o oficial estava sendo promovido e transferido para outra cidade.

— Na última vez que esteve aqui, encontrou um amanuense, que, imagino, está lhe servindo bem — lembrou o Major.

— Estou tão satisfeito com ele que, se o amigo não se opuser, gostaria de fazer dele meu ordenança. Pois agora não vai mais usar os serviços dele, não é?

— Já tinha pensado que poderia desejar ficar com ele os dias que trabalhava para mim. A ideia de tomá-lo como ordenança é melhor ainda. Amanhã mesmo providenciarei isso!

— O amigo sabe que esse rapaz se revelou o melhor aprendiz que jamais encontrei?

— Decerto! Notei seus progressos em todos os sentidos. Ele também encontrou o melhor professor!

— Ele aprende depressa, pois é esforçado e de uma inteligência notável!

— Talentoso mesmo! O amigo já viu os poemas que ele escreve?

— Poemas?

— Sim, escritos num caderno que guarda com o maior cuidado.

Foi assim que o cabo Luiz se tornou ordenança do Conselheiro e passou a ficar o tempo todo a seu serviço, frequentar sua casa e só voltar ao quartel para fazer as refeições, dormir, e cumprir o papel de militar uma vez por semana.

Foi uma vida das mais aprazíveis: Luiz sentiu-se como se estivesse diante de um fabuloso tesouro quando o Conselheiro deixou à disposição sua enorme biblioteca.

O mundo do serviço judiciário fascinava o jovem Luiz, que seguia os passos de cada processo com o maior interesse. Um dia em que o Conselheiro se preparava para defender uma causa mais difícil, o ordenança tomou coragem de pedir:

— Será que eu poderia assistir à sua exposição?

— Claro! Você vai comigo.

O policial à porta do Palávio da Justiça era um amigo do cabo Luiz, mas assim mesmo teria barrado sua passagem se o Conselheiro Furtado não o avisasse:

— Ele vai entrar comigo; é meu assistente.

O policial fez cara de espanto e se afastou para o rapaz passar.

O salão onde ia se realizar o julgamento estava cheio de gente para assistir: além das pessoas envolvidas e seus parentes e amigos, havia outros advogados, estudantes, todos interessados no debate que ia ser dos mais acirrados. O amanuense Luiz acompanhou o debate com o maior interesse, admirando a capacidade do seu mestre, que ganhou a causa.

Após o término do julgamento, Luiz ficou esperando o doutor Furtado, que não conseguia dar um passo sem que alguém interrompesse para cumprimentá-lo. Estava se sentindo meio perdido no meio daquela gente que, quando notava a sua presença, olhava-o com cara feia; então, aproveitou para se aproximar do policial seu amigo.

— Você é um neguinho metido, né? Todo sossegado, passeando no meio dos brancos... — caçoou o outro. — Aqui, no Palácio da Justiça, os negros só entram pelo lado dos réus!

— Pois, se é aqui que os injustiçados vêm pedir justiça, devia estar lotado é de negros! — respondeu o rapazinho.

E os dois riram, pois era verdade.

Prisioneiro

Talvez o cabo Luiz nunca deixasse a vida militar se não fosse aquele tenente que implicava cada vez mais com ele.

O tenente era baixinho, empertigado, e gostava de usar sua condição de oficial para mostrar superioridade. Tratava mal todos os soldados e com mais maldade ainda os soldados negros.

Não se conformou de ver o sucesso do soldado Luiz, copista do Major, ordenança do Conselheiro, ainda por cima, promovido de posto. Já não podia fazer com o cabo Luiz o que fazia com os soldados, mas encontrou uma forma de atingi-lo: maltratar outro soldado negro na frente dele.

Naquele dia em que o cabo Luiz perdeu as estribeiras, o tenente abusou de verdade: na hora da marcha, ficou atormentando um velho soldado negro que estava mancando por causa de uma dor num dos joelhos.

— Barata — gritou ele. — Marcha direito, desgraçado!

Barata era o apelido maldoso do pobre soldado por causa do seu nariz chato. Alguém caçoara que aquele nariz era tão chato que mais parecia uma barata pousada no seu rosto. A piada divertiu tanto os outros que acabou se tornando o apelido do homem.

Como o joelho lesado do Barata dificultava a sua marcha, o tenente mandou que ele saísse da formação e puxasse a fila até conseguir acertar o ritmo.

— Não consigo, senhor — disse o soldado humildemente. — Meu joelho está falhando.

— Ah é? Então, precisamos treinar esse joelho! Fica de joelhos, soldado!

O pobre homem obedeceu penosamente diante de todos, que já começavam a se revoltar contra a maldade do tenente.

— E não faça careta, que sua cara já é medonha, com esse nariz esborrachado! Agora, marcha de joelhos!

Foi aí que o cabo Luiz não aguentou mais e disse, contendo a raiva.

— Está claro que esse joelho precisa de tratamento e não de treinamento, senhor. Dispensa o soldado da marcha hoje, por favor!

O tenente se empertigou bem na frente de quem ousara falar daquele jeito.

— Está me dando ordens, cabo? — perguntou, ameaçador.

— Não, senhor! Estou pedindo um favor — respondeu Luiz, fazendo o maior esforço para se conter.

O oficial riu, debochando.

— Pois quem está no comando sou eu, bode! E o Barata vai obedecer ao comando: marchar de joelhos pra entender que aqui não é lugar pra nego preguiçoso.

A indignação elevou a voz do cabo:

— Não é porque está no comando que tem direito de torturar um soldado!

— E quem é você, bode fedorento, pra me falar desse jeito? Está achando que é gente? Olha o que eu faço com seu protegido!

E o tenente deu um pontapé no joelho dolorido do velho soldado, que caiu gemendo.

Foi então que o cabo Luiz explodiu: peitou o oficial, obrigando-o a recuar.

— Sai daqui, tenente, some da minha frente antes que eu dê um murro nessa cara que vai deixar o nariz mais chato que o do Barata!

O tom rouco da fala e o punho fechado que subia ameaçador não deixava dúvidas sobre o que ia acontecer. Assustado, o oficial saiu correndo do pátio e entrou na sala da guarda. A tropa respirou aliviada.

O cabo Luiz ajudou o Barata a se levantar, deitou-o num banco e sentou do lado dele, ainda tremendo de raiva, enquanto a tropa dispersava.

Mas o alívio durou pouco. Da sala da guarda saiu o capitão mandando todo mundo entrar em forma;

depois, escalou três soldados para prender o cabo Luiz por desacato à autoridade.

A prisão era escura, abafada e malcheirosa. Lembrou-lhe o porão do navio de escravos que o trouxera da Bahia e isso deixou o pobre rapaz ainda mais triste e revoltado.

Por que nos tratam tão mal? Por que a cor da nossa pele pode deixar os outros à vontade para lidar conosco como se fôssemos animais?

Uma noite, sonhou que sua mãe estava sendo presa e chamava por ele. Foi um sonho tão vivo que acordou gritando e deixou os outros presos assustados e curiosos. Contou sua história para eles e chorou com uma saudade enorme.

Finalmente, depois de um mês, foi libertado. Mas a liberdade veio junto com a expulsão da guarda. Isso não foi tão ruim para ele, pois já havia decidido deixar o serviço militar.

— Quero ser mais livre, sem ter ninguém com direito de mandar em mim — explicou para o Conselheiro.

— Pense bem, meu amigo — respondeu o outro. — Saindo do exército, vai ter que pagar moradia, comida, se virar sozinho nesse mundo!

— Não tenho medo, mas sim muita disposição pra trabalhar e garantir o meu sustento.

— Bom, se quiser continuar trabalhando de amanuense para mim, posso pagar um pequeno salário.

Posso te recomendar para ser amanuense oficial aqui na repartição também.

— É tudo o que eu quero! Obrigado, professor.

O primeiro desafio foi encontrar um lugarzinho para morar. Um amigo falou de uma pensão que era baratinha e o rapaz logo se instalou ali.

Claudina

Pois foi aí que Luiz conheceu Claudina, uma negra bonita, escravizada pela dona da pensão.

O jovem Luiz era o primeiro negro a morar naquele estabelecimento como hóspede; bonito e simpático, logo chamou a atenção das mocinhas que moravam ali ou nos arredores.

Uma branquinha mais atrevida lançava olhares compridos na direção dele, mas não o comoveu; sua atenção se voltava toda para a humilde e recatada cativa.

Em pouco tempo estava apaixonado e registrou sua paixão num lindo poema:

Uma graça viva
Nos olhos lhe mora,
Para ser senhora
De quem é cativa
Como era linda, meu Deus!
Não tinha da neve a cor,

Mas no moreno semblante
Brilhavam raios de amor.
[...]
Seus ingênuos pensamentos
São de amor juras constantes;
Entre a nuvem das pestanas
Tinha dois astros brilhantes.
As madeixas crespas negras,
Sobre o seio lhe pendiam,
[...]
— Era o corpo uma pintura —
E no peito palpitante
Um sacrário de ternura.

Ao nascer da madrugada.
Quis beijar-lhe as mãos divinas,
Afastou-mas — não consente;
A seus pés de rojo pus-me
— Tanto pode o amor ardente!
Não te afastes lhe suplico,
És do meu peito rainha;
[...]
Suspirando ela murmura;
Ai, senhor, eu sou cativa!...
Deu-me as costas, foi-se embora.

Mas o jovem Luiz não ia se conformar com aquela situação:

— Pois você não será mais cativa, minha amada! Podemos comprar sua liberdade!

— Como? Não tenho dinheiro — protestou, custando a acreditar naquela felicidade.

— Eu arrumo, você vai ver a força do meu amor!

E, de supetão, deu um beijo na boca da moça.

Logo o jovem começou a economizar tudo o que podia do seu salário. As moedas iam se juntando num saquinho, uma a uma, e o tempo custava a passar...

Mas os dois namorados se consolavam com a troca de olhares amorosos e alguns encontros discretos na pensão, quando sonhavam juntos com o dia da libertação.

— Um dia, há de acabar essa escravidão e ninguém mais vai ter que comprar por liberdade, pois ela é um direito de todos! — afirmava ele.

Vendo que seu ordenança não comprava mais cadernos, havia começado a escrever seus poemas em papel usado e já nem comia direito, o Conselheiro quis saber o que estava acontecendo.

O ordenança contou do seu amor e do plano de comprar a carta de alforria da sua Claudina.

— Ora, meu rapaz, por que não me falou antes? Posso lhe adiantar o que precisa e depois vou descontando do seu salário aos poucos. Assim, realizará seu sonho mais cedo.

— Mas não lhe será prejuízo? Não levaremos tempo demais até descontar tudo? — perguntou o jovem, custando a acreditar nessa felicidade tão pertinho...

— Que nada! E você ainda pode ganhar mais: logo vai conseguir o posto de amanuense oficial da polícia, com um salário bem melhor!

— Como posso agradecer tantos favores?

— Você merece esse posto, não é favor nenhum. Quanto te falta para a compra da alforria dessa moça?

E, bem antes do que esperavam os namorados, Claudina conseguiu se tornar uma moça livre.

— Por enquanto pode ficar morando aqui, mas, quando eu comprar outra escrava pra me ajudar, vai ter que arrumar outro lugar.

— Nada disso, minha preta, você vem morar aqui comigo, no meu quarto — disse Luiz, decidido. — Por enquanto, não tenho dinheiro suficiente pra fazer um casamento, mas posso muito bem pagar a pensão pra você.

— Eu tenho uma ideia — disse a jovem Claudina. — Enquanto eu estiver morando na pensão, posso continuar trabalhando aqui, como venho fazendo. Aí, pago a minha parte e ainda posso receber um pouquinho, né?

O namorado não gostou muito daquela proposta, mas a dona da pensão gostou tanto, que ficou difícil recusar.

— O senhor diz que ninguém deveria ser escravo. Mas os libertos vão ter que se sustentar, não é? Portanto, vão trabalhar e receber um pagamento, como vai ser o

caso da Claudina. Eu prefiro continuar com ela pagando um pouco a comprar outra escrava que não sei se vai aprender o serviço tão bem.

E foi assim que o jovem Luiz constituiu uma família feliz que durou toda a vida.

Poeta e escritor

Pouco tempo depois, Luiz foi nomeado amanuense oficial da Secretaria de Polícia de São Paulo, com um bom salário. Logo conseguiu pagar sua dívida com o Conselheiro e já começou a sonhar em ter sua própria casa, um lar onde pudesse viver tranquilo, só com sua amada.

Um dia, o professor Furtado deu com seu ordenança escrevendo no seu caderno, tão distraído, que esquecia de almoçar.

— Inspirado, hoje, meu rapaz?

— Emocionado, senhor Furtado. Soube que serei pai!

— Parabéns! Então, já faz uns belos versos para comemorar... É um invejável talento, esse, de expressar com poesia seus sentimentos, suas experiências...

O Conselheiro já tinha lido os poemas de Luiz e achou-os bons, originais, alguns bem engraçados.

— Está na hora de publicar um livro com esses poemas!

— O senhor acha? — admirou-se Luiz. — Creio que não teria coragem... E, depois, quem vai querer ler os rabiscos de um negro?

— Pois publica com pseudônimo, ora! Inventa um nome pra ninguém saber que foi você quem escreveu o livro. Acho bom você usar essa proteção, pois seus poemas são bem fortes, contra os senhores de escravos, contra as injustiças e as covardias de juízes e políticos. Isso pode provocar perseguições. Mas, se ninguém sabe quem escreveu, aquele que não gostar não vai poder descontar prejudicando um poeta que não sabe quem é, né?

Não demorou muito. Pouco depois do nascimento do seu filhinho, Benedito, apareceu nas livrarias um pequeno livro com o título: *Primeiras trovas burlescas de Getulino*, que fez sucesso, pois eram poesias muito bem feitas e engraçadas.

O livro foi dedicado ao professor Francisco Furtado como forma de agradecimento pelo apoio e incentivo.

Ninguém sabia quem era o tal Getulino.

Mas na segunda edição do livro havia um poema muito engraçado que respondia à curiosidade: QUEM SOU EU? era o nome dos versos que agradaram a todo mundo:

QUEM SOU EU?

Amo o pobre, deixo o rico,
Vivo como o Tico-tico;
Não me envolvo em torvelinho,
Vivo só no meu cantinho:

Da grandeza sempre longe
Como vive o pobre monge.
Tenho mui poucos amigos,
Porém bons, que são antigos,
Fujo sempre à hipocrisia,
À sandice, à fidalguia;

[...]

Faço versos, não sou vate,
Digo muito disparate,
Mas só rendo obediência
À virtude, à inteligência:
Eis aqui o *Getulino*
Que no plectro anda mofino.
Sei que é louco e que é pateta
Quem se mete a ser poeta:

[...]

E o poeta, do seu jeito engraçado, gostava de cantar muitas verdades que as pessoas preferiam esconder.

Em primeiro lugar, orgulhava-se de ser negro e não se sentia tão orgulhoso de ser metade branco. Cantava a beleza, a força e a vitalidade da raça negra, tão admirável!

Caçoava de um mundo de mestiços que se envergonhavam de ter um negro na sua ascendência e faziam de tudo para branquear a pele, em vez de se orgulharem dessa mistura que só pode enriquecer quem herda os talentos e capacidades mais desenvolvidas em cada grupo.

Também denunciava a corrupção de todos aqueles que, sustentados pelo povo, preferiam só tirar vantagem da sua posição: os vadios que conseguiam bons empregos por serem afilhados de gente poderosa; os militares de trapaça que da guerra nem viam fumaça, preferindo mandar os pobres soldados negros para lutar enquanto ficavam bem seguros, cuidando da burocracia; os médicos ignorantes que mais matavam do que salvavam seus pacientes; os juízes que vendiam sentença, protegendo o ladrão que roubava mais; os ministros, deputados e senadores que ele chamava de chuchadores; os burregos que se formavam bacharéis e os ladrões que viravam barões – tudo por causa da roubalheira que ele via correr solta no nosso país e que ele chamava de pepineira...

Seus versos eram fortes, sofisticados, mas ele sempre era modesto para se julgar: quando já se tornara um escritor conhecido e respeitado, um amigo pediu a ele que escrevesse uns versinhos no seu álbum de lembranças, e eis o que ele escreveu:

Se queres, meu amigo,
No teu álbum pensamento

Ornado de frases finas,
Ditadas pelo talento;
Não contes comigo,
Que sou pobretão:
Em coisas mimosas
Sou mesmo um ratão.

À procura da mãe

Quando, um bom tempo depois, *Primeiras trovas burlescas de Getulino* começou a ser muito procurado, ficou difícil continuar escondendo o seu autor. Descobrir que o talentoso poeta era um negro que tinha aprendido a escrever praticamente sozinho causou sensação: todo mundo queria ver para crer!

Um dia, o livreiro veio falar-lhe, muito empolgado:

— Precisamos lançar este livro no Rio de Janeiro, vai ser um acontecimento, se você participar! É a cidade mais importante do país, a capital do Brasil. Lá, mora o imperador, que é um grande leitor e valoriza os autores brasileiros. Lá fica a corte, aquela gente com títulos pomposos, que se conhece como a aristocracia brasileira. Os livros vendem mais e as novidades partem de lá para todo o Brasil. Será um sucesso e vai nos trazer um bom dinheiro, pode crer!

Luiz não se impressionava com os aristocratas nem mesmo com o imperador. Mas pensar em ir para o Rio de Janeiro acendeu a lembrança da mãe, tal como já tinha acontecido quando era um molequinho escravizado. Quem sabe agora, com todas as vantagens de ser um homem livre e respeitado por muita gente, poderia investigar o paradeiro de Luiza Mahin com sucesso?

Já antes, por duas vezes, tinha procurado saber dela através de amigos que iam ao Rio de Janeiro, mas não conseguira nada. Agora, era ele mesmo que iria procurar quem pudesse dar alguma informação.

O lançamento do livro reuniu todo tipo de gente: alguns aristocratas, políticos; muitos jovens, artistas, escritores e poetas; pessoas comprometidas com a justiça, abolicionistas, negros libertos.

Mas foi numa reunião pequena, com negros e abolicionistas mais velhos, que Luiz Gama fez a pergunta que tanto queria. Ali, ninguém ouvira falar de Luiza Mahin, mas um jovem garantiu que seu tio acompanhara de perto os negros que vinham da Bahia naqueles tempos.

— Se ela chegou mesmo, na nossa cidade, com certeza ele vai se lembrar dela.

Tadeu, o tio do rapaz, era um velho liberto que trabalhava havia muitos anos no porto vendendo sucos e gulodices. Quando conseguia, também servia água e suco para os pobres escravos que carregavam e descarregavam os navios. Todo mundo conhecia e gostava do velho Tadeu porque ele estava sempre alegre, abordando todo mundo com a mesma simpatia, cantando trovinhas para oferecer seus produtos.

Luiz Gama passeou pelo porto com o coração batendo depressa, tocado pela trágica lembrança da sua chegada ali, fazia mais de vinte anos. O mesmo sonho que enchia o peito do menininho escravizado e maltratado agora estava ali, no peito do homem maduro, cercado de admiradores: encontrar sua mãe tão querida!

O velho Tadeu ofereceu um delicioso suco de goiaba, feliz de conhecer o famoso defensor de gente escravizada. Ouviu as explicações com atenção, buscou as lembranças daquele tempo distante.

— Conheci, sim, uma Mahin, que passou um tempo por aqui, junto com outros negros vindos de longe. Não me lembro se eram da Bahia, mas me lembro bem dessa Mahin: era miúda, mas, quando ficava brava, parece que crescia, virava gigante! Os olhos brilhavam, a voz era forte. Não se calava nem tinha medo de ninguém.

— É a minha mãe — sussurrou o poeta Luiz, emocionado. E, erguendo a voz, perguntou, cheio de esperança:

— Onde podemos encontrar essa mulher?

— Não está mais aqui. Ficou na cidade por pouco tempo. Os negros livres já não serviam aos brancos; eram tachados de bagunceiros, provocadores. Essa moça que eu falo foi presa junto com um grupo de africanos e talvez tenham todos embarcado num navio de volta para a África. Eu mesmo vi a partida deles.

Luiz Gama sentiu o coração murchar, triste, tal como sentira quando, criança, percebera que sua mãe não estava ali, no porto do Rio de Janeiro. Sabia agora que nunca mais a veria.

Então, o poeta cantou a sua dor num belo poema em que se mistura as doces lembranças de quando era um feliz garotinho aninhado no colo perfumado da sua mãe, tão querida.

MINHA MÃE

Era mui bela e formosa,
Era a mais linda pretinha,
Da adusta Líbia rainha,
E no Brasil pobre escrava!
Oh, que saudade que eu tenho
Dos seus mimosos carinhos.
Quando c'os tenros filhinhos
Ela sorrindo brincava.

[...]

Os olhos negros, altivos,
Dois astros eram luzentes;

Eram estrelas cadentes
Por corpo humano sustidas.
Foram espelhos brilhantes
Da nossa vida primeira,
Foram a luz derradeira
Das nossas crenças perdidas.

A Faculdade de Direito

Naquela época, as escolas, no Brasil, eram poucas e para poucos, só para os mais ricos ou mais interessados. Escola superior, como faculdade, era a coisa mais rara. Mas em São Paulo havia uma faculdade de direito que sempre foi o maior orgulho dos paulistas: a do largo de São Francisco, que formava, e até hoje forma, bons advogados.

Os alunos dessa escola constituíam a elite da elite da sociedade daqueles tempos e, só por estarem ali estudando, granjeavam admiração e prestígio: eram os acadêmicos, jovens cheios de conhecimentos e ideias novas, defendidas com belos discursos e dinamismo.

O Conselheiro Furtado era professor naquela escola e tinha muito apreço pelos seus alunos.

Ele apreciava a inteligência e a capacidade de aprendizado do jovem Luiz, que o surpreendia pela rapidez com que assimilava e aproveitava o que lhe ensinava; também admirava o interesse e o esforço desse aluno especial, tão diferente dos outros.

Desde que o rapazinho passara a acompanhá-lo nas sessões do fórum onde ele defendia as causas dos seus clientes, o mestre percebia sua capacidade de entender tudo o que se passava ali e o enorme talento para usar as palavras faladas ou escritas.

— Ah, meu jovem, que bom advogado haveria de ser se pudesse frequentar a escola de direito — dizia o Conselheiro quase todo dia.

— E eu adoraria fazer esse curso — respondia Luiz.

Um dia, ele ousou perguntar:

— O que eu preciso fazer pra assistir às aulas na faculdade?

— Deve se matricular no curso, mas isso você nunca vai conseguir, pois precisa ter o diploma da escola primária e de estudos mais avançados.

— Homessa! Eu pensava que pra assistir aulas só precisava de bons ouvidos e entendimento, como já faço aqui nas boas aulas que o senhor me dá... Será que eu ganharia mais entendimento com a matrícula?

O doutor Furtado riu.

— Já está defendendo bem a sua causa, não é, meu bom aluno? Pois que seja! No mês que vem vou iniciar um curso e você vai comigo, como aluno ouvinte. Vamos ver como se sai.

Dito e feito. Pouco tempo depois, o amanuense Luiz entrou na famosa faculdade de direito ao lado do mestre e, meio constrangido, sentou-se no fundo da sala. Era a primeira vez que entrava numa escola!

Os outros alunos foram chegando e estranharam a presença daquele negro. Então, sentaram-se bem distante, deixando o rapazinho num triste vazio...

Ao entrar na classe, o professor notou a segregação e e iniciou o curso apresentando:

— Os senhores já devem ter notado que vão ter mais um colega neste curso que começa hoje, mas eu quero apresentá-lo. Trata-se do meu ordenança Luiz Gama, que convidei para ser meu aluno ouvinte. Por favor, Luiz, fique de pé para que todos o vejam.

Luiz, que naquela hora preferia não ser notado, se levantou contrariado.

Um aluno que bancar o engraçadinho disse, rindo:

— Professor, o senhor não tem medo de trazer um negrinho para esta academia? Do jeito que as coisas estão nesta escola, de repente um bode sai daqui bacharel!

— Se o senhor está se referindo à cor da pele do meu aluno, receando que um negro saia daqui bacharel, devo lhe dizer que essa é a minha intenção, e tenho certeza de que, no futuro, sua presença aqui será motivo de orgulho para esta escola.

Alguns alunos ainda estavam incomodados com a companhia de um negro entre eles, como se aquilo fosse uma humilhação. Ouviram-se resmungos, um estudante mais radical declarou que não seguiria tendo um negro como colega, como um igual.

— O senhor me desculpe, mas os negros são feitos para o cativeiro, e não para a academia. Não pensam como nós, precisam de comando para saber o que fazer. Não posso admitir uma situação em que poderiam me igualar a um negro.

Luiz já estava inquieto de tanta indignação. Mas havia estudantes que já eram contra a escravidão e defenderam a ideia de um negro na academia.

Então, o professor aproveitou para começar seu curso descrevendo a situação:

— Temos aqui uma turma dividida em torno de uma ideia polêmica, cada lado defendendo seu ponto de vista. Um bom advogado se revela pela habilidade na arte de defender seu ponto de vista.

Um estudante provocou:

— Professor, o senhor pensa que este seu protegido será capaz um dia de defender seu próprio ponto de vista?

O professor respondeu dando a palavra ao jovem:

— Quer falar, Luiz?

— Sim. Em nós, até a cor é um defeito. Um imperdoável mal de nascença, o estigma de um crime. Mas nossos críticos se esquecem de que essa cor é a origem da riqueza de milhares de ladrões que nos insultam; que essa cor convencional da escravidão, tão semelhante à da terra, abriga sob sua superfície escura vulcões, onde arde o fogo sagrado da liberdade.

Alguns colegas bateram palmas. Dois rapazes foram se sentar ao lado do novo colega, como forma de comprovar, com atos, o seu apoio.

Todo o tempo que o jovem Luiz frequentou a Faculdade do Largo de São Francisco provocou discussões sobre a conveniência de um negro ser aluno. Entre os estudantes, havia aqueles que se recusavam a entrar na sala onde ele estava e os que se sentavam ao seu lado e se tornaram bons amigos.

Entre os professores, alguns gostavam de ter um bom aluno como ele, mas havia também aqueles que não admitiam que ele sequer entrasse na sala onde davam suas aulas. Aí, quando o professor era bom mesmo e Luiz queria aprender a matéria, ele não se conformava, não: ficava do lado de fora, assistindo às aulas pela janela.

Certa vez, um desses professores, que era muito exigente, deu uma avaliação para os alunos fazerem em duplas. Um dos amigos de Luiz, que gostava mais de farras do que de estudar, veio pedir-lhe para formarem uma dupla.

— Ora, João Carlos, você sabe que o professor vai se recusar a avaliar um trabalho com o meu nome.

— Pois não pomos o seu nome; fica só com o meu.

Então, Luiz, que estava bastante interessado em fazer o trabalho e ter uma avaliação daquele professor, aceitou

fazer dupla com o colega. Fez tudo praticamente sozinho, pois seu parceiro não achava tempo para a tarefa.

Quando o professor devolveu os trabalhos corrigidos, perguntou:

— Senhor João Carlos Leite, quem foi seu parceiro?

O rapaz gelou! Respirou fundo e mentiu, com a maior cara de pau:

— Não encontrei nenhum parceiro entre meus colegas, professor. Então, fiz sozinho, mesmo.

— Pois foi o melhor trabalho, a melhor nota, senhor João Carlos. Parabéns!

O mau aluno sorriu e pegou seu trabalho, muito satisfeito. Depois da aula, levou-o para o amigo negro, que o professor não achava capaz de fazer seu curso.

— Olha só, Luiz, você tirou nota 9 com o professor mais exigente desta escola! E ainda ganhou uns parabéns!

E os dois riram com gosto!

Rábula

Era hora do almoço e Luiz estava esquentando uma marmita quando chegou um estudante da faculdade que era seu amigo.

— Que cheirinho bom! É sua Claudina que faz essa comida boa?

— Tudo o que a minha preta faz é bom! Você quer dividir comigo?

— Não... Coma em paz; sua preta não ia querer que eu o deixasse com fome.

— Qual o quê! Claudina sempre põe muito mais do que eu posso comer. E eu nem vou conseguir comer com você me olhando com tanto apetite! Olha aqui, temos dois potes pra dividir.

E, mais que depressa, Luiz dividiu seu almoço com o colega. Ele era assim: gostava de dar tudo o que tinha.

Os dois comeram depressa porque estavam com fome e a comida era mesmo muito gostosa!

Mas, de repente, ouviram gritos de dor tão terríveis que interromperam tudo e correram para a pracinha de onde vinham os gemidos.

Era um capataz brutamontes surrando um pobre rapaz com tanta crueldade que o negro Luiz nem pensou muito, já estava segurando o homem e interrompendo a tortura. O negro maltratado, que já estava todo cortado e sangrando, sentou na calçada, ainda gemendo.

— O que é isso, homem? Por que maltrata assim esse infeliz? — perguntou o amigo de Luiz, que também era contra a escravidão e ficava revoltado com a brutalidade dos brancos.

— Esse negro idiota está me provocando: mandei ele buscar água pra mim naquela bica e, em vez de me servir, trouxe o balde cheio e deu pro burro beber. Mas ele vai ver como eu trato a sua palhaçada!

E já ia chicotear o pobre rapaz de novo se Luiz não segurasse seu braço.

— Me larga, negro imundo! Está querendo apanhar também? — protestou o capataz.

Uma jovem escravizada que estava na carroça disse, com a voz trêmula de aflição:

— Ele não fez por mal; ele ainda não entende direito o que a gente fala. Pensou que lhe mandavam dar a água pro burro. Mas deixa que eu busco água para o senhor. E, descendo rapidinho da carroça, foi encher um garrafão para dar de beber ao homem que estava com sede.

— Pois se está aqui há quase um ano e ainda não aprendeu o português, vai entender muito bem a língua do chicote! — O malvado já fazia tenção de se soltar da mão de Luiz para brandir o chicote, quando a mocinha lhe deu o garrafão meio cheio. A sede falou mais alto e ele parou para beber grandes goles da água fresquinha.

Luiz aproveitou a pausa para perguntar baixinho para a jovem.

— Por que ele não entende o que vocês falam?

— Porque ele ainda não aprendeu, só sabe falar a língua dos africanos. Dos quatro que chegaram com ele, só uma garotinha já está falando e entendendo bem o português.

O capataz, mais calmo então, ordenou:

— Vamos parar de conversa fiada e seguir nosso caminho.

E a carroça foi em frente, levando o homem branco e os dois escravos, deixando uma ideia luminosa na cabeça do amanuense Luiz.

— Você viu o que eles falaram, Pedro? Esse homem foi trazido da África há menos de um ano!

— Coitado! Estava apanhando porque ainda nem teve tempo de aprender o português...

— Não é isso que importa tanto, mas, sim, que ele não podia ser vendido como escravo.

— Não? Por quê?

— Não lembra que há uma lei proibindo o tráfico de escravos?

— É verdade! Mas essa lei é recente. Talvez ele tenha chegado antes da vigência dela.

— Impossível! Já havia uma lei vigorando desde 1831. Você nem tinha nascido quando se fez essa lei.

— Mas, se volta e meia trazem escravos da África, você deve estar enganado...

— Que enganado nada, vou te provar agora mesmo!

E os dois se apressaram para chegar à biblioteca da polícia para consultar os decretos.

— O que estão procurando, rapazes? — perguntou o doutor Furtado, que já estava ali.

— Uma lei já bem antiga que proíbe o transporte e comércio de africanos como escravos — respondeu Luiz. — O senhor conhece essa lei, não?

— Sim. Foi uma lei ainda do período da Regência, para agradar aos ingleses, que não queriam mais comércio de escravos.

— Mas, professor, tantos navios negreiros chegaram aqui depois disso — argumentou o colega de Luiz. — Como pode?

— Pois é. Ninguém respeitou a lei. No Brasil tem leis que não pegam — ninguém cumpre, ninguém cobra. É por isso que se diz que foi uma lei só pra inglês ver.

— Mas se alguém cobrasse, teriam que respeitar; um juiz não poderia ignorar a lei e o escravo trazido da África teria que ser libertado e até indenizado, não é? — perguntou Luiz.

— Sim, se alguém bem habilidoso conseguisse superar as peripécias da defesa do comprador, ganharia a causa. Mas que advogado teria coragem de enfrentar os poderosos por um escravo que nem pode pagar?

— Eu! Se eu fosse advogado, com certeza conseguiria a libertação de todas essas pobres vítimas!

— Você pode tentar — retrucou o professor, que gostava de envolver seus alunos em desafios. — Pode tentar como rábula.

— Rábula?

— Sim. É assim que se chamam aqueles que assumem causas como advogados sem serem formados em Direito.

— Então, é isso mesmo que eu vou fazer! — exclamou o rapazinho, na maior felicidade.

E, sem demora, foi ver como devia fazer para defender o negro que fora espancado por não entender português.

Não foi fácil: as causas defendidas por um rábula sempre tinham alguns impedimentos, ainda mais nesse caso que envolvia a defesa feita por um negro a favor de um escravizado. Isso complicava muito o processo, pois a toda hora as pessoas encontravam empecilhos, não sabiam como tratar aquele caso.

Mas o jovem rábula era bastante habilidoso, com muito conhecimento aprendido na academia e também como amanuense da polícia.

Assim, tempos depois, o fazendeiro que comprara o pobre escravizado de forma ilegal foi chamado pelo tribunal de justiça.

Atendeu sem entender nada, queria saber o que era aquilo. Quando percebeu que um rábula negro representava seu próprio escravo, ficou perplexo! E riu:

— O que esse negrinho insolente está ousando fazer? Me processar em nome de um escravo; que é meu? Só rindo! Como ousam tomar meu tempo com essa sandice?

— É que a compra desse escravo foi criminosa, contra a lei — explicaram. — Ele não podia se tornar escravo; portanto, deve ser libertado.

— E quem é que pode exigir isso? O meu escravo? Como pode? — insistiu o homem poderoso, que não queria acreditar naquilo.

— É a lei que exige — respondeu o jovem rábula. — A lei garante a liberdade desse homem e de todos aqueles que foram trazidos da África depois do ano de 1831!

O homem esperneou, contratou advogado, fez o diabo para escapar daquela lei que ele abominava, pois, em vez de proteger os fazendeiros ricos, favorecia uns pobres negros já feitos escravos. Mas não adiantou: o rábula negro sabia defender a causa do escravizado.

O julgamento era tão inédito e o jovem Luiz tão bom com as palavras, que cada discussão virou um espetáculo para uma plateia cada vez maior de estudantes da Faculdade de São Francisco, outros advogados e todo tipo de gente.

Finalmente, o juiz teve que reconhecer que a compra do escravizado era ilegal, determinando sua liberdade imediatamente.

Liberto aquele pobre homem maltratado, foi fácil obter a mesma decisão para os outros escravizados que foram vendidos com ele, todos trazidos da África contra a lei. O poderoso fazendeiro teve que engolir sua raiva e libertar os quatro homens que não podia ter comprado.

E o rábula Luiz nunca mais parou de defender e libertar escravos, para espanto dos ricos fazendeiros. Foram mais de quinhentos escravos libertados pela justiça, atendendo às petições feitas pelo Doutor Gama, em cerca de vinte anos da sua atuação.

Maçom

O jovem Luiz continuava criando polêmica na academia, mas seu sucesso entre os colegas e professores crescia. Conquistou o respeito de muitos que, no início, o rejeitavam e se tornou um líder e um exemplo entre aqueles que defendiam os direitos dos negros.

Depois que começou a libertar homens escravizados usando apenas as leis, vivia cercado de amigos que gostavam de conversar e planejar novas conquistas com ele.

Um dia, um colega propôs:

— Sabe, amigo, acho que você deveria entrar na maçonaria. Vou apresentá-lo na minha Loja e conseguir um convite oficial pra você.

— Maçonaria? E aceitam negros nessa sociedade secreta?

— É uma sociedade secreta, um grupo que se reúne para estudar, discutir os caminhos da humanidade, defender as políticas corretas, fazer ações humanitárias. É muito bom estar ali cercado de gente boa; muitos figurões do nosso país são maçons.

— Lógico! Aceitamos e desejamos sócios negros! Todos batalhamos pelo fim da escravidão, somos abolicionistas!

— Então, se me convidarem, vou aceitar. Quem são esses figurões que pertencem à maçonaria?

— Isso eu não posso lhe dizer. Pois somos uma sociedade secreta. Isso quer dizer que só quem é maçom pode conhecer nossas práticas e saber quem são os outros maçons.

— Nada melhor pra gente ficar curioso e desejar conhecer essa tal sociedade secreta.

— É, mas isso não é pra qualquer um, não. Precisa ser convidado pela turma, que julga se a pessoa merece participar.

O jovem Luiz merecia e foi convidado. Descobriu, então, quantos amigos e outras pessoas que admirava já faziam parte daquela sociedade. Descobriu, também, que ali poderia fazer muito pela causa da liberdade, já que muitos dos colegas maçons eram pessoas influentes e poderiam ajudá-lo.

Tornou-se, então, um maçom atuante. Com o tempo, foi se destacando pela disposição incansável, sendo cada vez mais notado e respeitado por seus companheiros. Não demorou a ser uma referência, ouvido por todos e sempre pronto a se colocar e ajudar — assim como era ajudado por todos.

Permaneceu maçom por toda a vida. No fim, aquele que mal sabia o que era maçonaria acabou por se tornar uma generosa liderança naquele grupo de tantas pessoas influentes da sociedade da época.

Por isso, Luiz é lembrado e homenageado até hoje pelos maçons do Brasil.

O testamento

O tema da libertação dos escravos sempre era tratado nas reuniões da loja maçônica que Luiz Gama frequentava. Artigos e poemas contra a escravidão eram escritos, compartilhados, lidos e aplaudidos ali; planejavam formas de manifestar sua posição abolicionista e pressionar as autoridades para a elaboração de leis que protegessem os negros dos abusos dos brancos, e, naturalmente, os ricos senhores maçons alforriavam seus escravos.

Mas tomar uma decisão dessas não era fácil. Um velho fazendeiro que tinha muitos escravos, dizia:

— Meus amigos, concordo que a escravidão é uma mancha triste para o nosso país. Mas estou muito velho e não sei como poderia viver sem meus escravos. Por enquanto, limito-me a tratá-los muito bem e já deixei no meu testamento que todos serão alforriados quando eu morrer.

O negro Luiz ouvia aquilo, chocado.

— Como alguém pode pensar assim? A liberdade não é um favor dos brancos, que eles dão quando querem. Ao contrário, é um direito dos negros!

— Eles também precisam do abrigo, da comida, da roupa que eu lhes garanto. O que vale a liberdade para quem não tem nenhum bem? Olha meu escravo Matias, que bela roupa de cocheiro que ele tem para me trazer para nossas reuniões. Não pode se queixar da vida que leva comigo, não é, Matias?

O pobre cocheiro confirmou com a cabeça, humilde. Mas Luiz viu uma tristeza nos seus olhos. E afirmou com toda a convicção:

— A liberdade é o maior bem que uma pessoa pode ter.

Dali para a frente o maçom Luiz cumprimentava com a mesma deferência o rico senhor e seu escravo Matias, com quem sempre proseava um pouquinho.

Não demorou muito e o velho maçom partiu deste mundo. No enterro, apesar da tristeza do adeus, Luiz encontrou um motivo de alegria ao se encontrar com o escravo Matias.

— Já, já serás um homem livre, meu amigo!

Mas qual não foi sua surpresa quando, meses depois, encontrou o negro ainda na condição de escravizado!

— Ah, doutor Luiz, o filho do meu senhor herdou tudo dele. Nós, escravos, só mudamos de dono.

— Mas e o testamento? No testamento ele alforriava a todos, não é?

Matias encolheu os ombros, tristemente:

— O filho dele não entendeu assim. E nós, o que podemos fazer?

— Recorrer à justiça, meu amigo. Hoje mesmo vou fazer alguma coisa.

E não perdeu tempo. E ganhou mais uma causa. Mais de trinta negros libertados, mais um poderoso derrotado e mais fama e sucesso se espalhando na sociedade paulista.

Tempos depois, Luiz ficou sabendo de um acontecimento que o deixou tinindo de indignação:

— Vocês viram a decisão do juiz lá da comarca de Belém de Jundiaí, que pôs à venda um liberto? — perguntou um jovem maçom numa reunião.

— O quê??? Como pode? — espantaram-se todos.

— Simples assim — explicou o rapaz. — O negro pertencia à dona Ana Francisca de Morais, que morreu recentemente. Seu herdeiro, José do Amaral, alforriou o escravo e os outros herdeiros concordaram, desde que recebessem o valor que lhes cabia na divisão dos bens. Feito isso, o liberto Benedito entrou com o pedido para que o juiz responsável pelo inventário oficializasse sua carta de liberdade. Pois o juiz entendeu que devia indeferir o pedido e vender o pobre Benedito em praça pública!

— E quem é esse juiz ignorante que enxerga as leis como se fossem o seu nariz? — perguntou Luiz, revoltado.

— Um tal de Florêncio Soares Muniz, suplente do juízo municipal de Belém de Jundiaí.

No mesmo dia, Luiz escreveu um artigo descrevendo com clareza o grave erro e espinafrando o tonto juiz:

> *Não é minha intenção atacar a honra deste senhor, mas quero afirmar para todos a completa incapacidade intelectual desse cidadão para o desempenho de importantíssimas funções inerentes à magistratura.(...) Quero que a lei seja uma verdade respeitada no município de Belém e não um joguete pernicioso, posto nas mãos da imbecilidade.*

O artigo foi publicado em jornal e causou alvoroço: muita gente rindo com as suas ironias e exigindo justiça.

E, nesse caso, foi o *escritor* Luiz Gama que venceu a causa!

A caixinha

Mas uma fala do velho maçom que só queria libertar seus escravos depois da sua morte sempre voltava ao pensamento do rábula Luiz:

"O que vale a liberdade para quem não tem nenhum bem?"

Ao ganhar sua liberdade, os escravizados saíam das casas dos senhores sem nada: sem casa, só com a roupa do corpo, nem mesmo um tostão para comprar comida. Era um momento muito difícil, pois como podiam começar uma vida naquele desamparo?

Uma noite, quando voltava para casa, Luiz ouviu um chorinho de neném. Era do filhinho de uma jovem que tinha conseguido a liberdade fazia poucos dias graças ao trabalho de Luiz e que estava sentada num cantinho da calçada.

Já imaginando a trágica resposta, ele perguntou:

— Penha, o que está fazendo aqui na rua tão tarde?

— Ah, senhor Luiz, não tenho onde ficar! Na primeira noite que saímos da senzala, eu vim, com os outros, dormir num mocambo cheio de gente. Mas o menino chora demais, não deixa ninguém dormir. Então, eu saí de lá, pra não ouvir reclamação. Ele não era assim, mas acho que o meu leite está secando e ele não se conforma.

— Pois vamos já pra minha casa, mocinha! Lá a gente arranja um jeito pra tudo.

Quando Claudina pegou o bebê chorão no colo, disse, cheia de pena:

— Pobrezinho! Todo molhado, com frio e com fome, como não chorar?

Tirou a roupinha molhada, cobriu o pequeno com panos secos, deu-lhe um pouquinho de chá de cidreira bem docinho, com uma colherzinha. O nenenzinho faminto tomou tudinho e depois caiu no sono, tão cansado estava.

Em seguida, Claudina passou a cuidar da mãe. Serviu sopa quente com pão que tinha para o jantar e fritou um ovo para reforçar. A mocinha comeu com tanto gosto que parecia mais faminta que o filho.

— Desde ontem que eu não como nada — desculpou-se ela e logo também caiu no sono.

— Assim, é claro que o leite fica fraco e não alimenta o garotinho — concluiu Claudina.

Luiz perdeu o sono naquela noite. Como poderia ajudar aqueles por quem ele batalhava para alforriar e depois ficavam tão desamparados?

Penha, ele conseguira socorrer, mas e os outros? Nenhum deles tinha coragem de vir pedir ajuda.

Poucos dias depois, um velhinho que sempre usava seus serviços de amanuense, ao se despedir, entregou-lhe um punhado de moedas dentro de uma caixinha de papelão.

— É um reconhecimento pela qualidade do seu atendimento e pela brilhante ideia que me deu para resolver a questão que me afligia na semana passada. Por causa dela, tive um bom lucro no meu negócio e nada mais justo que lhe dar uma parte, não é?

Não era raro acontecer isso: um cliente agradecido fazer questão que ele recebesse um agrado.

Nas primeiras vezes, ele relutava:

— Não precisa!

Depois, recebia sem constrangimento e aproveitava para se dar um luxo: um livro cobiçado, um presentinho para Claudina ou Benedito.

Mas naquele dia uma ideia se acendeu, alegre.

Em casa, pôs a caixinha numa prateleira que ficava perto da porta de saída e avisou aos seus pobres protegidos:

— Antes de saírem da minha casa, vejam se vão precisar de algum dinheiro pra enfrentar a vida até conseguirem seu ganha-pão. Perto da porta tem uma caixinha com uns cobres. Tirem dali o que for sua necessidade. Não quero saber quem pegou nem quanto pegou. Isso não é da minha conta.

Dali para a frente, aqueles que precisavam podiam se servir da caixinha que ele ia abastecendo com seus ganhos inesperados e, na falta destes, com parte do seu próprio salário.

Um dia, até sua esposa Claudina reclamou:

— Assim, já está fazendo falta aqui em casa! Está me faltando até pra comprar sal.

— Não se apoquente, minha preta! Se está precisando, faz como os outros: pega o que necessita. Essa caixinha é bem republicana, é para todos, sem exceção!

Claudina riu com aquela tirada tão lúcida do marido. E nunca mais reclamou da caixinha, pois nos momentos de aperto também se servia dela.

Com o tempo, a caixinha foi ficando conhecida e até ganhou novos contribuintes: amigos ou visitas que, antes de sair da casa, deixavam ali seus cobres, disfarçadamente. Até mesmo alguns libertos que haviam se servido dela vinham deixar sua contribuição assim que tinham melhorado de vida.

E uma regra tácita regulava o uso da caixinha: ninguém sabia quem tirava ou quem punha, bem como a quantia tirada ou depositada.

Os sapatos elegantes

Quando o amanuense Luiz saiu do escritório da polícia após o expediente, apertou o passo porque já estava escuro e caía uma garoa fininha tão gelada que dava arrepios. Era uma boa caminhada até a casa e lá chegou feliz, apesar de todo molhado, e ao pensar que sua Claudina o estava esperando no calor da casa, com o fogo aceso no fogão a lenha e uma roupa seca e bem quentinha.

Mas, quando ia abrir a porta, levou um susto: um vulto escuro cresceu na sua frente. Era um homem que estava ali encolhido ao lado da porta e se levantou, tremendo de frio.

— Me desculpa, disse ele bem baixinho. — Vosmecê conhece o senhor Luiz que mora aqui?

— Sim, sou eu!

— O senhor? Valha-me Deus! É com o senhor que eu precisava falar, mas eu espero aqui quando puder me atender — disse o vulto, humilde.

— O que é isso, homem! Ficar aqui tomando chuva nessa noite gelada? Vamos entrar!

O homem hesitou, mas Luiz já o empurrava para dentro. À luz do lampião que Claudina vinha trazendo, viu que era um negro que tremia de frio sob a roupa fina e encharcada.

— Nossa, homem! Vai ficar doente, nessa friagem toda. Minha preta, busca roupas secas pra nós dois.

Claudina se apressou para atender ao pedido do marido enquanto Benedito tentava ajudar o pai a tirar a roupa. O desconhecido, assustado, continuava perto da porta, agachadinho e quieto, como se quisesse passar despercebido.

— Ei, cê é besta homem! — disse Luiz, no seu jeito, meio brusco e meio engraçado. — Vai ficar aí enrolado que nem cobra? Se achegue perto do fogo pra secar.

O homem se aproximou, muito sem graça. Claudina chegou com roupas secas e cobertores e Luiz trocou de roupa, insistindo que o outro fizesse o mesmo.

Só depois se interessou em saber quem era o pobre negro e o motivo que o trazia à sua casa.

Chamava-se Josias e tinha pouco mais de trinta anos. Era escravizado por um mau senhor que herdara um punhado de cativos do pai e vivia do aluguel deles.

Josias fora alugado para um sapateiro, que era um bom homem e lhe ensinara o ofício. Já trabalhava havia mais de dez anos com ele e era apreciado por sua habilidade e criatividade.

Um dia uma cliente trouxe uns sapatos estrangeiros de que gostava muito e que já estavam tão velhos e tão remendados que não tinham mais conserto.

— Eu não posso perder esses sapatos, eles são especiais e eu nunca vou encontrar uns novos para substituir — queixou-se ela, quase chorando. — O que vou fazer?

— Deixa os sapatos aqui e eu vou ver o que posso fazer — respondeu Josias, bondosamente.

Quando a moça saiu, deixando os sapatos e levando uma esperança, o sapateiro ralhou:

— Homem, por que alimenta os caprichos da moça? Não vê que não se pode fazer nada pra consertar isso?

— É que eu já remendei tanto esses sapatos, já lidei tanto com eles, que fiquei pensando que posso tentar fazer uns iguais para ela.

— Que ideia! Como vai conseguir fazer sapatos, assim do nada?

— Copiando o modelo. Com um pouco de couro novo e me esforçando para acertar. Posso tentar, senhor?

O sapateiro ficou na dúvida, mas estava curioso para ver o que o negro ia fazer e resolveu deixá-lo arriscar.

— Pode tentar, mas não vá desperdiçar meu material!

Josias passou uns dias totalmente dedicado à sua nova tarefa e finalmente conseguiu produzir um par de sapatos bem parecidos com aqueles tão apreciados pela cliente e novinhos em folha!

O sapateiro examinou e assobiou, admirado. Depois, fez um bom preço para aquele serviço diferente.

A cliente ficou tão contente que, além de pagar o que pediram, deu uma boa gorjeta para o negro.

Mas o que eles não esperavam é que ela contou para suas amigas e logo apareceram encomendas de outros sapatos para fazer.

Josias se aplicava muito para produzir bons sapatos para as freguesas e o sapateiro estava muito contente com o crescimento do seu negócio. Como era um homem justo, quis fazer uma proposta para o seu melhor ajudante:

— Vou te dar uma pequena parte do valor de venda de cada par de sapatos novos que você fizer.

— E eu vou juntar tudo pra comprar uma carta de alforria, a minha liberdade! — disse Josias, contente.

As encomendas de sapatos novos aumentavam e o pobre homem, que guardava seu dinheiro numa latinha, cada vez via sua liberdade mais perto!

O dono de Josias era um homem mau que maltratava seus escravos quando estava mal-humorado. Uma noite, voltou para casa bem tarde e encontrou todos dormindo. Ele achou aquilo um desaforo e acordou os escravos com gritos e pancadas. Depois, obrigou-os a passar a noite inteira acordados, lavando o chão e as paredes da casa.

Na manhã seguinte, o pobre Josias estava caindo de sono no trabalho.

O sapateiro, a quem ele contou o que tinha acontecido, ficou indignado.

— Você precisa comprar sua carta de alforria o quanto antes. Deixa-me ver o que você já juntou.

Josias foi pegar sua preciosa latinha e os dois contaram tudinho. O sapateiro concluiu:

— Falta pouco pra inteirar o valor que aquele explorador pediu. Eu posso te adiantar o dinheiro, você compra sua liberdade e depois me paga. Que tal?

O escravizado ficou radiante e, como tinha pressa, procurou seu dono naquela mesma noite.

— Senhor, eu queria comprar minha carta de alforria, disse ele, humilde.

— Muito bem, temos aqui um bode escravo querendo ser dono de si mesmo. Você sabe quanto custa?

— Sim, senhor.

— Pois arrume o dinheiro e eu te vendo a carta de alforria — disse o outro, com um risinho caçoísta. Mas se espantou com a resposta:

— Já arrumei, senhor.

— Quero ver!

Josias pegou sua preciosa latinha e despejou o conteúdo em cima da mesa. O homem contou duas vezes, em silêncio. Depois, recolheu notas e moedas, pôs na gaveta da mesa, trancou e guardou a chave no seu bolso. Então, encarou o escravizado com o olhar duro:

— E onde arrumou todo esse dinheiro, infeliz? Todo mundo sabe que escravo não ganha dinheiro, vive às custas do dono! Você roubou esse dinheiro, desgraçado!

— Eu não!

— Cala a boca, ladrão, vou chamar a polícia!

— Mas...

— Cala a boca, ladrão! Afonso, Messias, prendam já esse bandido na correia! Já!

Os dois escravos vieram correndo, com medo daqueles gritos, mas não conseguiram segurar o companheiro. Josias estava tão assustado, tão revoltado, que escapou e fugiu da casa, sumindo na escuridão da noite.

De nada adiantou o seu dono gritar ameaças e reclamar do escravizado que fugia. De repente, ele viu que era melhor entrar em casa com seus outros homens, antes que eles resolvessem seguir o exemplo do companheiro.

A noite estava fria e Josias se encolheu num cantinho, tremendo de frio e de medo. Ali ficou até que a claridade da manhã chegasse. Então, correu para a casa do sapateiro, implorando ajuda.

— O senhor sabe que eu não roubei, precisa falar pra ele!

— Qual! Esse homem sabe que você não roubou. Está dizendo isso pra ficar com o seu dinheiro e com o aluguel que recebe todo mês pelo escravo. Acho que não vai adiantar eu falar com ele. Você vai ficar escondido aqui enquanto eu penso num jeito mais garantido de libertar você daquele malandro.

De tarde, o sapateiro veio com uma boa ideia: pedir ao famoso rábula defensor dos escravizados para assumir a causa de Josias.

— Ele vai saber como te defender e te orientar como se esconder até resolver o assunto. Vou te explicar onde ele mora e amanhã vamos lá para contar o seu caso.

Mas o que o sapateiro não esperava é que o senhor apareceria à procura dele na sua casa, com polícia e tudo!

Josias teve tempo de escapar pelos fundos e correr até a casa de Luiz Gama, onde esperou até ele chegar.

— Meu patrão disse que tem um preço para o serviço de me defender, mas, por enquanto, não tenho como pagá-lo... O senhor aceitaria que eu pagasse depois? Se eu conseguir minha liberdade, todo o dinheiro que eu ganhar vai para o senhor.

— E quem disse que eu cobro por esse serviço, homem? — respondeu o rábula, rindo. — Minha recompensa é conseguir sua liberdade e deixar o sacripanta desse branco que era seu dono a ver navios! Mas, agora, vamos jantar, que a minha amada já está servindo e o cheiro dessa sopa deliciosa aumentou minha fome.

— Não, senhor, eu já vou indo, muito obrigado.

— E vai pra onde, homem de Deus? Não sabe que está sendo caçado? Você fica aqui até eu conseguir abrir o processo e deixar sua liberdade resguardada pela lei. Isso

não demora, acho que amanhã mesmo eu consigo. Agora, vamos tomar nossa sopa e descansar. Confia em mim!

— Mas eu não posso ficar abusando...

— O senhor deve nos dar a alegria de aceitar nossa hospitalidade — disse a negra Claudina com tanto afeto que desarmou o pobre homem.

Como previra, Luiz conseguiu garantir a liberdade provisória do escravizado logo no dia seguinte. Então, ele pôde voltar ao trabalho, onde ficou protegido, morando na própria oficina, enquanto o processo corria.

A causa do negro Josias foi uma das mais fáceis de defender para o jovem Luiz Gama. E se tornou uma atração para muita gente na cidade.

O branco, que se considerava o dono do escravizado, não tinha poder nem muito dinheiro. Para piorar, tinha fama de preguiçoso e de malandro.

Ao contrário, as testemunhas que Luiz levou a favor de Josias eram pessoas distintas e respeitadas: o sapateiro, conhecido de toda a sociedade, que gostava dos seus serviços; as clientes, satisfeitas com os trabalhos prestados pela sapataria; o próprio Josias, já célebre por sua habilidade no conserto de calçados.

Assim, logo a malandragem do branco foi desmascarada e a liberdade de Josias, festejada por todos.

Mas o rábula Luiz não se contentou só com isso. Aproveitando a fama conquistada, organizou com seus colegas maçons uma coleta para ajudar os outros escravos daquele mau senhor a comprar suas cartas de alforria. Josias foi o primeiro que contribuiu, pois, durante o processo, as encomendas de sapatos cresceram muito, e, no fim, ele já tinha uma boa economia guardada na sua latinha.

Josias se tornou um bom amigo de Luiz, frequentador da sua casa e companheiro de lutas.

Nunca pagou pelos serviços do rábula porque o amigo não permitiu. Meses depois de conquistar a liberdade, apareceu na casa de Luiz, trazendo três pares de sapatos da melhor qualidade feitos por ele: um para o rábula, um para Claudina e um para o pequeno Benedito.

— Nossa, que beleza! — festejou a jovem Claudina.
— Nunca que poderíamos imaginar calçar sapatos tão elegantes!

Jornalista

O caso do Josias fez tanto sucesso que foi matéria de jornais.

Durante um tempo o processo foi assunto de toda a cidade e as falas de Luiz Gama divertiam as pessoas porque eram tão diferentes e, às vezes, bem engraçadas.

Já conhecido como escritor, Luiz Gama até foi convidado para escrever para os jornais, o que ele fez com gosto. Seus artigos faziam sucesso entre os leitores porque eram muito bem escritos, e tratavam de assuntos bem diferentes.

Mas, quando começou a ficar claro que os brancos estavam sendo acusados e perdendo as causas, o assunto sumiu dos jornais. Os poderosos não queriam que ninguém soubesse daquela humilhação. E os jornais não ousavam desagradar aos poderosos, pois viviam às custas do dinheiro deles. Então, passaram a rejeitar muitos artigos do defensor dos escravos.

Os amigos e admiradores de Luiz Gama não se conformavam com aquilo.

— Como é que as pessoas podem saber o que está acontecendo de verdade?

— Qualquer notícia que aponta os defeitos ou as derrotas dos brancos fica fora dos jornais...

— Sabe o que eu acho? Precisamos ter um jornal que não dependa dos poderosos. Vamos nos juntar pra fazer um jornal nosso!

— É um sonho bom, mas difícil de realizar, meu amigo — ponderou Luiz. — Pois manter um jornal é muito caro, não temos tanto dinheiro assim. Maquinário, papel, tinta, distribuição...

— Maquinário, acho que a gente consegue — animou um colega estudante de Direito. — Tenho um amigo que está vendendo um de segunda mão muito baratinho, porque está meio capenga, faltando algumas letras.

— Podemos iniciar com uma produção pequena, um jornal que sai só uma vez por semana e com um número menor de exemplares. Assim, podemos dar conta de escrever as matérias e gastamos menos com papel e tinta.

— E a distribuição também podemos dar conta, levando um pouco para onde a gente sabe que vai ter mais gente interessada: na academia, nas lojas maçônicas, nos lugares mais frequentados por gente progressista.

Com todas essas ideias, o sonho foi se tornando realidade. A melhor notícia foi quando o amigo Angelo se ofereceu para ilustrar o pequeno jornal. Angelo Agostini era um jovem e talentoso italiano que desenhava muito bem; fazia caricaturas e suas figuras engraçadas combinavam bem com os textos irônicos e impiedosos de Luiz Gama.

O primeiro texto do escritor ilustrado pelo jovem desenhista foi recebido com muitas risadas e admiração por toda a gente.

— Um jornalzinho nesse formato vai agradar às pessoas!
— E denunciar as injustiças e falcatruas de muita gente!
— Vai ser o diabo! — disse Angelo, com tanta graça que todo mundo riu.
— E que nome vamos dar a esse jornal diferente?
— Diabo!
— Diabo, ótima ideia.

Mas durante a impressão do jornal perceberam aquilo que o amigo de Luiz havia alertado: faltavam letras e as que tinham não eram regulares. O texto às vezes acabava ficando meio esquisito, algumas palavras eram formadas por letras maiores e menores...

— É, está meio estranho, mas dá pra ler tudo com facilidade — justificou um jovem gráfico.
— E é isso que importa — disse um estudante.
— Nosso jornalzinho está meio manco, mas anda bem e vai morder muitos pés bem calçados! — troçou Angelo. — Afinal, vai ser o diabo!
— Diabo coxo — retrucou Luiz, provocando uma risada geral!

Acabaram batizando o jornal de *Diabo Coxo*!

Quando o *Diabo Coxo* começou a circular, fez o maior sucesso! Era diferente de todos os outros, com as ilustrações do jovem italiano, as notícias importantes que nunca apareciam, os artigos fortes e divertidos do jornalista Luiz.

Toda semana, no dia em que era distribuído, era um movimento de gente, uns lendo pros outros e todos rindo!

O sucesso do semanário foi tanto, que criou muito incômodo aos "pés calçados" que ele "mordia".

Um dia, um estudante que estava com uma pilha de exemplares para distribuir levou um empurrão pelas costas e se estatelou no chão!

— Ei! Não vê por onde passa, seu brutamontes? — queixou-se ele e, ao tentar se levantar, viu o homem pegar a pilha dos jornais e levar embora.

Era um sujeito que tinha sido contratado para destruir o hebdomadário para que ninguém lesse os artigos que denunciavam as falcatruas de algum poderoso!

Muitos outros incidentes ocorreram com o jornal, como um quebra-quebra na gráfica que imprimia o jornal e até tentativas de agressão contra Luiz, Angelo e seus amigos.

Mesmo assim, o *Diabo Coxo* continuou circulando toda semana por mais de dois anos. Depois, foi ficando cada vez mais difícil editar o jornal, pois a turma estava mais ocupada com outros afazeres e sobrava pouco tempo para tocar o semanário.

Com o fim da publicação, Luiz Gama voltou a escrever em outros jornais, apesar de não conseguir publicar tudo o que escrevia.

Luiz ainda tentou organizar outros jornais com a participação de amigos, mas não duravam muito, pelos mesmos motivos.

Uma cliente branca

— Luiz, está aí uma senhora te procurando. — O amigo que falou assim tinha um sorriso meio zombeteiro que intrigou Luiz. Mas logo ele explicaria aquele sorriso:

— É uma branca bonita, rica e cheirosa, dessas que nunca aparecem numa modesta repartição como a nossa. Você está ficando importante, meu caro!

— Deve ser engano, mas vou ver o que ela quer.

Era, de fato, uma pessoa que chamava a atenção pelo porte altivo, as roupas caras, o perfume que deixava por onde passava. Mas não era engano. Logo que viu o rapaz, ela deixou claro por que estava ali.

— Quero contratar seus serviços de advogado.

— Não sou advogado.

— Como assim? Você defendeu o negro Josias, eu acompanhei tudo.

— Não tenho diploma de advogado. Sou um rábula e defendo pessoas que não podem contratar advogado.

— Pois então quero contratar seus serviços de rábula. Se ganhar a minha causa, prometo um bom prêmio!

O jovem Luiz não estava gostando dos modos de grande dama da mulher branca, nem daquela promessa que mais lhe parecia uma tentativa de comprar a sua concordância. Como não tinha papas na língua, respondeu bruscamente.

— Não estou à venda e só defendo escravos injustiçados. — Virou as costas para a dama e foi se afastando.

Mas aquela senhora nunca se dava por vencida. Foi atrás dele, falando bem alto:

— Pois a minha causa inclui mais de dez escravos injustiçados!

Aquilo foi decisivo para mudar o ânimo do negro Luiz. Agora, ele queria saber o que fazia aquela pessoa rica e poderosa vir buscar sua ajuda.

Ela se chamava Eugênia e era de uma rica família de negociantes. Casara-se com um jovem de uma família de fazendeiros que tinham costumes bem atrasados; por isso, teve dificuldade de se adaptar na fazenda. Seu pai, para trazê-la de volta à cidade, montou uma bela e luxuosa confeitaria no centro da cidade e convidou o genro para administrá-la.

Voltar a morar na cidade e levar uma vida mais independente foi um alívio para a moça. Mas, cerca de um ano depois, o marido ficou doente e já não conseguia cuidar do negócio sozinho. Eugênia começou a ajudar para não deixar cair o movimento do estabelecimento.

A doença do marido se esticou por vários anos e Eugênia continuou tomando conta dos negócios. Como era muito boa administradora, a confeitaria prosperou e a fortuna do casal aumentava.

Mas, naquele ano, duas perdas ameaçavam o futuro da rica senhora: o pai morreu de repente e, pouco depois, ficou viúva.

Agora, seu cunhado, com quem ela não se dava bem, queria assumir a responsabilidade por ela, seus filhos e seus negócios, como era o costume da época. Quando uma mulher ficava viúva, sua guarda passava para a família do marido.

Mas Eugênia era uma mulher forte, decidida, queria ser independente, defender suas posses.

— Esse irmão do meu marido é conservador demais, só entende de café e acha o comércio uma ocupação imprópria para a sua "nobreza". Já está planejando vender a minha confeitaria com tudo, inclusive os escravos que trabalham ali. Ele até já falou de vender a filhinha de uma escrava que é minha, me serve na minha casa. Eu não posso admitir isso!

— Isso é fácil — retrucou o jovem Luiz. — Basta dar a alforria agora mesmo para os seus escravos. Livres, ninguém pode vendê-los, não é?

A moça arregalou os olhos.

— E quem vai fazer todo o trabalho pra mim?

— Eles mesmos, se quiserem. A senhora contrata o

serviço deles, paga um salário como faz com os empregados brancos.

— Nunca tinha pensado nisso... vou dar alforria para a minha escrava e a filhinha dela hoje mesmo. Mas aqueles que trabalham na confeitaria... eu preciso garantir que o negócio continue meu, não posso deixar meu cunhado vender.

— A senhora pode arrumar um sócio para a confeitaria. Dessa forma, seu cunhado não pode vender o negócio. Só pode vender a sua parte e, mesmo assim, fica bem difícil, se o sócio não concordar.

— Como eu não tinha pensado nisso? Vou falar com o meu irmão pra ele ser meu sócio. Boa ideia! Ele é muito mais moderno que o bobo do meu cunhado, vai me deixar administrar tudo, mesmo que oficialmente, fique à frente do negócio. Salva as aparências e meu cunhado nem pode reclamar. Vai voltar para a sua fazenda sem se meter mais na minha vida.

De repente, ela se deu conta:

— Nossa, só com essa conversa, já resolvi todos os meus problemas. Quem diria! Como posso lhe pagar por essa ajuda tão rápida?

— Muito fácil: dando alforria para todos os seus escravos.

A moça riu.

— Está feito!

Semanas depois, num domingo, ela apareceu na casa do rábula com seu jeito de mulher rica e poderosa.

— Vim buscar você e a sua família para almoçar na minha confeitaria hoje. Não quero ouvir recusa, seja o motivo que for. Lá, estão muitas pessoas esperando por vocês porque querem lhe agradecer.

Naquele dia, foi a primeira vez que uma família negra sentou à mesa da luxuosa confeitaria. Logo que chegaram, uma menininha de oito anos trouxe para eles um bonito ramo de flores: era a filha da escravizada, que agradeceu a liberdade dela e da mãe. Com os olhos marejados e um lindo sorriso, a mãe também apareceu.

— O senhor não pode imaginar a minha aflição com a ameaça de tirarem ela de mim.

Na hora de servirem a sobremesa, um negro alto e lustroso, no seu uniforme branco de cozinheiro, trouxe um lindo bolo de chocolate que, naquele tempo, era uma raridade, iguaria só servida em ocasiões muito especiais.

— Fui eu que fiz para o senhor. Todos nós compramos o chocolate com nosso primeiro salário de libertos!

Luiz fez questão de cumprimentar e agradecer a cada um dos ex-escravos que agora trabalhavam na confeitaria e que lhe davam tão precioso presente.

Mas quem adorou aquele doce foi o pequeno Benedito, que lambia os beiços, encantado!

As ameaças

Um dia, um jovem estudante da Faculdade de Direito pediu para ter uma conversa particular com o famoso Luiz Gama.

— Precisamos de um lugar muito discreto, pois não quero que me vejam com você, de jeito nenhum.

— O melhor então é nem falar comigo, já que não quer ser visto — respondeu Luiz, que nunca se rendia aos brancos e ricos.

— Ora, que disparate, meu amigo! Se estou dizendo que preciso lhe falar sem testemunhas é que se trata de um caso da maior gravidade, com muitas pessoas que precisam da sua ajuda!

— Então como pretende fazer esse encontro secreto?

— Deixa isso pra lá. Eu vou arrumar um jeito.

Dois dias depois, apareceu um velhinho meio estranho querendo falar com o amanuense Luiz. Tinha um vasto bigode e barba grisalhos, e os cabelos brancos caindo pela testa davam a impressão de ser uma peruca. As roupas, meio largas e antiquadas, mais pareciam uma fantasia. Mas o esquisito senhor sentou-se, muito digno, na cadeira que Luiz lhe ofereceu, em frente à sua mesa.

— Preciso que me escute com atenção, mas que fique impassível, não mostre nenhuma reação ao que eu vou dizer, murmurou o velhinho.

— Entendi — concordou Luiz.

— Está vendo? O meu disfarce é bom mesmo, se nem você me reconheceu. Sou seu colega, Gabriel Prado, e ninguém pode saber que vim conversar com você.

O amanuense teve que fazer força para não rir, mas se conteve, enquanto o outro continuava falando baixo:

— Tenho um caso urgente pra você defender. Como sabe, sou filho de um fazendeiro que tem uma importante produção e precisa de muitos escravos. Já faz alguns meses meu pai recebeu uma proposta vantajosa para comprar um lote de jovens escravos, mas desconfiei daquela oferta cheia de segredos e descobri que se tratava de filhos de escravos já considerados livres pelas leis de um país vizinho. Os fazendeiros de lá, vendo que tinham que lhes dar a liberdade, preferiram vendê-los às escondidas para um mercador espertalhão, que os trouxe para o Brasil. Então, fiz meu pai perceber que aquele negócio era ilegal e imoral. Mas outro fazendeiro da região comprou mais de vinte meninos e meninas. Esse fazendeiro é uma pessoa da pior espécie e é preciso libertar o quanto antes os pobres negros que estão sofrendo muito. Já tenho documentos comprovando tudo; eles estão neste embrulho.

O rapaz entregou um volumoso envelope para o amanuense e concluiu:

— Você vai ver que com esse material a causa já está praticamente ganha.

— E por que você não assume a causa? — perguntou Luiz.

— Porque essa gente é muito perigosa e, com certeza, fariam um estrago na minha família, que é bem conhecida. Ninguém pode nem desconfiar que sou eu que estou falando com você! É por isso que vim disfarçado.

Ao mesmo tempo, os dois homens olharam em volta para ver se havia alguém observando a conversa ou desconfiando do disfarce. Mas as pessoas já estavam acostumados com os vários tipos de gente que vinham procurar o amanuense; então, continuaram a fazer seu trabalho tranquilamente, sem estranhar nada.

— Está bem, vou ver o que posso fazer — respondeu o rábula.

— Se precisar falar comigo, pode mandar um recado pelo nosso amigo Maurício e o velho Epaminondas volta a procurá-lo, combinado?

— Combinado, senhor Epaminondas — e os dois encerraram aquela conversa secreta com um aperto de mãos e um sorriso maroto.

Quando Luiz examinou os papéis do envelope, viu que já podia começar o processo para salvar muitos jovens da horrível escravidão. E não perdeu tempo.

Foi mais uma causa que teve muita repercussão!

Mas, como o jovem estudante prevenira, o fazendeiro processado era pessoa violenta e perigosa.

Logo o rábula Luiz começou a receber ameaças e uma vez sofreu agressão de um capanga e só não ficou muito machucado porque foi socorrido a tempo.

Os amigos o aconselharam a desistir.

— Você está correndo um risco enorme. Há muita gente querendo acabar com você.

— Sei disso muito bem, mas para os meus clientes não há ameaça: eles já estão numa situação de desespero, precisam ser libertados o quanto antes!

— Se você morrer, não haverá mais ninguém para defender tantos escravos injustiçados, não vê?

— E, se eu ceder agora, os criminosos não vão deixar de querer me matar. Apenas vão descobrir um jeito de me calar. Não, meus amigos, só mesmo a morte é que poderá me impedir de defender a justiça e a liberdade!

À medida que se aproximava o dia do julgamento, as ameaças se tornavam mais frequentes e evidentes. Os amigos estavam cada vez mais aflitos, pensando uma forma de proteger aquele que já consideravam como um herói. Mas Luiz só pensava na sua causa.

— Estou escrevendo toda a minha argumentação. Se, por uma fatalidade, eu morrer antes do julgamento, qualquer um de vocês pode prosseguir com ele, garantindo a liberdade dessas pobres vítimas.

Finalmente, chegou a véspera do julgamento e, à noite, ele estava revendo seus escritos à luz de uma pequena lamparina na sala da sua casa. Era uma noite sem luar, escura e fria. Claudina fechou a porta que dava para uma varandinha que separava a casa do quintal, cheio de árvores, quando ouviu um barulhinho e se arrepiou de medo.

— Tem alguém escondido no quintal! Será que é matador que contrataram pra acabar com a tua vida que já está aí, de tocaia? O que vai ser de nós?

— Qual o quê, mulher! Está confundindo o voo das corujas com os passos de alguém.

Mas, justamente naquele instante, ouviram algo bater de encontro à porta, como uma resposta!

Os dois ficaram imóveis, alertas. Nenhum barulhinho.

— Parece que alguma coisa foi atirada na porta — disse Luiz. Claudina entreabriu a porta, com o maior cuidado. À luz fraca da lamparina viu uma coisinha branca no chão. Pegou-a e fechou a porta rapidamente.

Então, viram que era uma pedra embrulhada numa folha de papel branco. No papel, estava escrito:

"Se sair de casa, será um homem morto."

Claudina disse, com a voz trêmula:

— Meu Deus! O matador está escondido no nosso quintal, esperando pra te matar! O que vamos fazer? Estamos sem proteção nenhuma, você já é um homem morto!

— Qual o quê! Se quisessem me matar de qualquer jeito, já teriam entrado em casa e não teriam mandado esse aviso. Com certeza o mandante prefere que eu não apareça no tribunal. Assim, o juiz pode encerrar o processo por falta de quem exponha a causa. E eu fico desmoralizado, descartado de tudo. Se eu morrer, viro herói e vou me tornar mais uma dor de cabeça para os fazendeiros. Então, só vão me matar se não tiver outro remédio.

— Mas te matam assim que você puser o nariz pra fora dessa porta! Preciso avisar seus amigos que você está encurralado aqui dentro e não vai poder ir ao tribunal.

— Que isso, minha amada? Não vê que se você sair da casa pode ser assassinada também? Vai se deitar e dormir sossegada; amanhã resolveremos isso! Muitos amigos estarão lá à minha espera. Se eu não aparecer, está na cara que vão saber que algo grave aconteceu, não é?

Claudina se deitou, mas custou a dormir.

Luiz não queria dormir. Silenciosamente, começou a planejar como sair de casa sem ser visto pelo capanga que ia ficar a noite toda à espreita.

"O matador está tranquilo porque nossa casa só tem uma porta e o caminho até o portãozinho que dá pra rua é bem visível. Me atingir com um tiro vai ser muito fácil", pensava ele.

"Mas tem uma janelinha que dá para o outro lado. Quem está vigiando a porta não consegue ver nada daquele lado. Então, eu posso sair por essa janela e pular a cerquinha que separa o meu quintal do vizinho. E é o que vou fazer, ainda antes de amanhecer!"

Luiz sabia que era um risco enorme. A janela era bem estreita, difícil de passar; o matador ali, espreitando, ficaria atento a qualquer barulhinho; e no quintal do vizinho tinha um cachorro...

No silêncio da noite, o corajoso negro preparou tudo para escapar: ajeitou um embrulho bem-feitinho, com tudo o que ia precisar no tribunal, as roupas, suas anotações. Depois foi se certificar de que a esposa e o filho estavam bem.

Claudina adormecera encolhida na cama.

O cansaço venceu o medo, ele pensou, não é nada fácil ser esposa de um homem como eu, que vivo na corda bamba! Se eu morrer, como ela vai conseguir sobreviver com nosso filhinho?

Contemplou o pequeno Benedito, que, inocente, dormia tranquilo.

"Pobrezinho, se me matarem amanhã, vai crescer sem pai, sem recursos, sem meu apoio nos momentos difíceis, sem meu exemplo, meus conselhos..."

Então, lembrou: se escrever uma carta para ele, posso, pelo menos, deixar os conselhos!

E não perdeu tempo: sob a luz fraca da lamparina, escreveu a carta para o filho.

Depois, com o maior cuidado e no maior silêncio, pulou pela janelinha e passou para o quintal do vizinho, tal como planejara. Num instante já estava na rua, sem que o matador o tivesse visto.

Ainda em silêncio, caminhou até a casa de um amigo. Quando o sol apareceu luminoso e ele percebeu que já havia movimento na casa, tocou o pequeno sino que ficava na entrada. O amigo abriu a porta, muito espantado:

— Luiz! Você aqui a essa hora? O que aconteceu?

— Deixa eu entrar que te conto.

Depois de contar tudo, o negro Luiz concluiu:

— Agora estou preocupado com a minha família. A essa hora Claudina já deve ter lido o bilhete que deixei recomendando que fique bem quieta, trancada dentro da casa, com o nosso filho. Mas deve estar bem aflita, e não sei quanto tempo o matador vai continuar ali ameaçando.

— Não se preocupe: vou agora mesmo pedir que um grupo de soldados vá até a sua casa para proteger sua família. Você me espera aqui bem escondido e já vai se arrumando pra ir ao tribunal.

O amigo saiu apressado. Naquele tempo não havia telefone e por isso Luiz Gama sabia que só teria notícia dos acontecimentos quando ele voltasse. E isso ia demorar muito.

Para distrair a aflição, vestiu-se e arrumou-se com esmero, reviu suas anotações, acrescentou uma fala descrevendo a ameaça que sofrera naquela noite. E deixou escrita a conclusão para que todos lessem, caso morresse:

"Com violência, assassinando-me, podem calar minha boca, mas não conseguirão calar os fatos!"

De repente, começou a ouvir um movimento na rua e ficou de prontidão! Pela fresta da janela viu que um grupo grande de jovens vinha na direção da casa, com seu amigo.

Eram mais de quarenta estudantes da Faculdade de Direito — brancos e ricos — que vinham, alegres e barulhentos, acompanhar e servir de escudo para o famoso rábula que eles queriam ver atuar no tribunal.

— Sua mulher e seu filho estão a salvo, você pode defender a sua causa sem risco nenhum — garantiu o amigo.

E Luiz Gama chegou cercado de gente ao seu posto!

Sua voz forte e firme na defesa dos pobres jovens escravizados foi interrompida, por aplausos várias vezes.

E, ao sair do tribunal, foi cercado de amigos, e de festa, quando chegou à sua casa, para tranquilidade da sua esposa.

A ordem para libertar e garantir a volta dos jovens ao seu país de origem foi cumprida mais que depressa graças à comoção diante do risco de alguma reação criminosa dos fazendeiros envolvidos e seus capangas.

Eis a carta que escrevi para Benedito:

Meu filho,

Dize a tua mãe que a ela cabe o rigoroso dever de conservar-se honesta e honrada; que não se atemorize da extrema pobreza que lego-lhe, porque a miséria é o mais brilhante apanágio da virtude.

Tu evitas a amizade e as relações dos grandes homens; eles são como o oceano que aproxima-se das costas para corroer os penedos.

Sê republicano, como o foi o Homem-Cristo. Faze-te artista; crê, porém, que o estudo é o melhor entretenimento, e o livro o melhor amigo.

Faze-te o apóstolo do ensino, desde já. Combate com ardor o trono, a indigência e a ignorância. Trabalha por ti e com esforço inquebrantável para que este país em que nascemos, sem rei e sem escravos, se chame Estados Unidos do Brasil.

Sê cristão e filósofo; crê unicamente na autoridade da razão, e não te alies jamais a seita alguma religiosa. Deus revela-se tão somente na razão do homem, não existe em Igreja alguma do mundo.

Há dois livros cuja leitura recomendo-te: a Bíblia Sagrada e a *Vida de Jesus*, por Ernesto Renan.

Trabalha, e sê perseverante.

Lembra-te que escrevi estas linhas em momento supremo, sob a ameaça de assassinato. Tem compaixão de teus inimigos, como eu compadeço-me da sorte dos meus.

Teu pai, Luiz Gama.

Republicano

Uma das ideias que Luiz Gama defendia e que mais incomodava os poderosos era um governo na forma de república para o Brasil.

Naquela época, o Brasil era um império. Isso quer dizer que era governado por um imperador. O imperador é quem decidia tudo: desde quanto era o imposto que o povo devia pagar até as alianças e as guerras com outros países. O imperador mandava e desmandava, fosse ele bom governante ou ruim; e, quando ele morria, ninguém podia escolher quem seria o novo imperador, pois o comando passava de pai para filho.

Era como se o Brasil inteiro fosse propriedade daquela família e todos os brasileiros fossem seus servidores.

Imagina se Luiz Gama, que detestava a ideia de gente possuir outra gente, podia gostar desse tipo de governo!

Ele queria que o Brasil fosse uma república, em que o governo é compartilhado e escolhido pelo povo: o presidente fica só um punhado de anos no poder e depois o povo escolhe quem vai ser o sucessor.

Lógico que o imperador e todos os que acreditavam nele não gostavam das ideias de república e achavam os republicanos uns traidores.

Mesmo assim, um grupo de homens mais avançados fundou um partido político que defendia abertamente o fim do império para o nosso país: o Partido Republicano!

Luiz Gama foi um dos fundadores e isso lhe trouxe prejuízo: foi demitido do emprego de amanuense que lhe proporcionava um ordenado garantido todo fim de mês.

— E, agora, como faremos? — perguntou Claudina, aflita.

— A gente se vira — respondeu o marido. — Ficamos mais pobres do que já somos, mas não vamos passar fome: ainda tenho meu trabalho de rábula e posso vender alguns poemas ou outros escritos.

— Seu trabalho de rábula... e você ganha algum tostão dos seus pobres clientes?

— Posso aceitar alguns clientes pagantes que volta e meia me procuram; agora, sem o trabalho de amanuense, vou ter mais tempo. O que me aborrece é que fui demitido a "bem do serviço público", acusado de "turbulento e sedicioso"! E isso porque, além de viver plenamente dentro da legalidade, justamente faço cumprir a lei até aos poderosos.

Aquela demissão não aborreceu só o defensor dos escravos. Muitos amigos seus também ficaram indignados com aquelas acusações e um deles escreveu um artigo no jornal espinafrando as autoridades policiais.

O velho amigo Conselheiro Furtado, pensando que o artigo tinha sido escrito pelo próprio Luiz Gama, ficou muito magoado e respondeu defendendo o império e desfazendo aquela amizade de tantos anos.

Foi mais uma tristeza para o republicano, que afirmou que sua gratidão por tudo o que o professor fizera por ele continuaria para sempre.

Tudo pela justiça

O rábula Luiz Gama ganhava praticamente todas as causas que defendia nos tribunais, porque eram causas justas e porque ele era especialmente habilidoso na oratória. Advogados famosos se sentiam humilhados quando não conseguiam derrubar os argumentos daquele negro sem títulos. Os estudantes de Direito e os entendidos lotavam as sessões dos tribunais quando o defensor dos pobres atuava. Gostavam de assistir àqueles "duelos de gigantes", porque aprendiam muito com a lógica impecável das discussões e porque se divertiam com as tiradas engraçadas com que Luiz se esquivava dos ataques e desconcertava seus adversários. Como foi no dia em que um advogado muito arrogante já de início tentou desprezar o tribunal alegando que era impossível um debate entre pessoas tão desiguais.

— Quero, antes de tudo, manifestar meu repúdio a essa novidade de se colocar frente a frente para debater seres tão diferentes que jamais poderiam se equiparar. É um desaforo eu, brigadeiro Carneiro Leão, um membro da aristocracia, ser obrigado a ouvir ou responder aos berros de um bode fedorento. Nunca vi tamanha sandice!

O público que lotava a sala do tribunal ficou meio incomodado com aquele ataque tão feroz. Mas, sem se perturbar, Luiz Gama retrucou mansamente:

— Então, o primo afirma que nunca viu...

— Quem é o primo? — perguntou o brigadeiro, estarrecido.

— O senhor, naturalmente — explicou o negro, paciente.

— Mas primo de quem?

— Ora, meu, decerto.

— Seu primo? — Explodiu o fidalgo, furioso. — Mas baseado em que parentesco, posso saber?

— Homessa! — concluiu o rábula, sorrindo. — Eu sempre ouvi dizer que bode e carneiro são parentes. E parentes chegados.

Uma gargalhada se espalhou pelo público, até mesmo o juiz teve que disfarçar o riso. E o pobre brigadeiro Carneiro Leão ficou sem chão.

Mas nem sempre Luiz Gama conseguia livrar os escravizados da violência e da opressão por meio da lei. Havia muito mais leis para defender os senhores poderosos do que as feitas para os homens indefesos.

Mas ele não se conformava com isso e, se visse um homem negro realmente maltratado, ajudava a comprar sua carta de alforria ou até mesmo a fugir para um quilombo.

Foi o que aconteceu com Sebastião, que ele conheceu num tumulto na praça do pelourinho. Pelourinho era uma coluna de pedra ou madeira, erguida em praça pública, onde se castigavam os escravizados.

Sebastião fora levado para esse local e ser ali supliciado porque seu dono desconfiava que ele tinha roubado e vendido um cavalo.

O negro era forte e chegou gritando, arrastado com dificuldade por vários homens. Muita gente veio ver o que acontecia e um arrepio correu por todos quando o senhor deu a ordem:

— Amarrem esse ladrão no pelourinho e cortem a sua mão esquerda!

Ao ouvir aquilo, Sebastião, numa reação desesperada, conseguiu escapar dos seus algozes e saiu em desabalada carreira por entre a multidão.

Foi uma confusão danada, com gente querendo levar o prisioneiro para o castigo e outros desejando que ele escapasse daquela crueldade.

Foi uma verdadeira batalha e quem venceu foi o pobre negro, com a ajuda de muitos que conseguiram escondê-lo.

Luiz Gama soube do acontecido quando um dos que ajudaram Sebastião veio pedir-lhe ajuda:

— Ele está bem escondido e pode ficar ali até a poeira baixar; então, eu mesmo posso mostrar a ele o caminho para chegar a um quilombo que fica na mata não muito longe daqui. Mas até lá ele precisa comer e garantir o necessário para a longa caminhada. E eu não tenho nem um tostão para comprar mantimentos. Sei que o senhor só gosta de fazer aquilo que é legal, mas o que será dele se for devolvido para aquele homem tão mau?

— É lógico que vou te ajudar, meu amigo! Ilegal é condenar e mutilar um homem sem que ele possa apresentar sua defesa, não é?

Com a ajuda de Luiz Gama, Sebastião conseguiu se refugiar no quilombo e viver a vida dura, mas livre, de um quilombola.

Finalmente, havia muitas vítimas que o libertador dos escravos só ficava sabendo quando já não podia fazer nada para defendê-las.

Mas, se o rábula já não podia atuar, o jornalista Luiz Gama usava a sua palavra dura para denunciar o criminoso sistema da escravidão.

Foi o que fez quando toda a sociedade paulista era sacudida por uma grande comoção: quatro escravizados foram acusados de matar o seu senhor.

Uma indignação sem tamanho tomou conta da cidade: como esses horríveis criminosos tiveram a coragem de fazer tal barbaridade? O espanto virou um clamor de mágoa e raiva; o clamor trouxe a revolta. Uma multidão de brancos furiosos invadiu a cadeia e matou os quatro negros. Não queriam esperar o julgamento para vingar a vítima.

Luiz Gama foi aos jornais, revoltado com o furor dos vingadores. Queria denunciar aquela sociedade que tratava as pessoas de forma tão diferente.

Contou a história muito triste de um jovem escravizado que teimava em fugir, sonhando com a liberdade. O fazendeiro, que se considerava seu dono, acusava, em altos brados, o prejuízo que aquilo lhe dava e punha gente para perseguir e recapturar o fugitivo. Trazido de volta para a fazenda, ele era duramente castigado, mas não desistia do seu sonho: tempos depois, fugia outra vez. Era um rapazinho bonito, habilidoso e trabalhador. Seu único crime era querer a liberdade.

Na décima vez que fugiu, o fazendeiro malvado matou-o na frente dos outros cativos apavorados e pôs fogo no seu corpo sem vida.

Isso tudo consta de um auto, de um processo formal: está arquivado em cartório, enquanto o seu autor, rico, livre, poderoso, respeitado, entre sinceras homenagens, passeia ufano por entre seus iguais.

> *Como pode ser que um senhor que mata covardemente o seu escravo não sofra nenhuma censura e o escravo, que foi roubado da sua terra, que foi submetido ao cativeiro sem nenhum direito, com sua vida tomada pelo seu senhor, desperta tanto ódio e horror quando mata o senhor que o persegue?*

Estes quatro negros, espicaçados pelo povo, não eram quatro homens, eram quatro ideias, quatro luzes, quatro astros...

Luiz Gama defendia a ideia de que um escravizado que mata o seu senhor faz isso em legítima defesa, faz isso para salvar a sua própria vida.

A doença

Quando o jornalista escreveu o artigo transcrito no final do capítulo anterior, já estava doente. Uma doença ruim o acometera e o deixara magro e cansado.

O médico deu dois conselhos difíceis de seguir: não comer doces e ficar quieto, só descansando.

Então, ele passou a sair de casa para trabalhar só de manhã. As tardes, passava no quintal da sua casa escrevendo e lendo.

Ele gostava daquele quintal, cheio de plantas, flores, frutas, passarinhos. Parecia sempre uma festa, onde se misturava a sua palavra forte, bonita, engraçada.

Uma manhã, o sol veio, brilhante, visitar aquele lugarzinho preferido de Luiz Gama. As flores ficaram mais coloridas, os passarinhos cantaram numa animação, mas a casa nem reparou naquela festa: estava fechada, escura e triste.

Naquela noite, a doença ruim levara embora o negro Luiz.

Então, a boa Claudina, o filho Benedito e todos os que estavam ali choraram muito, já sentindo saudade.

E os amigos foram enchendo a casa de movimento e tristeza; e foram chegando os pobres, os negros libertos, todos os seus protegidos.

Na casa pequena e simples, já não cabia tanta gente. As pessoas foram se esparramando pelas ruas e ali se juntaram os admiradores, os leitores; tanta gente que queria bem ao amigo Luiz, que a cidade inteira parecia um só cortejo dolorido para fazer a despedida.

Eram tantas mãos querendo ajudar naquela última caminhada, tantas vozes querendo afirmar sua admiração e gratidão, que o cortejo demorou muito mais do que se imaginava.

O adeus se expressou em bonitas palavras lembrando sua vida extraordinária, as boas obras que realizou e o bom exemplo que ele foi para todos os brasileiros.

E num coro da multidão, prometendo continuar lutando pelas ideias que ele tanto defendia.

Um jovenzinho chamado Raul Pompeia, resumiu o sentimento num novo título para aquele homem: Luiz, o amigo de todos.

E até hoje, lá onde guardaram seu corpo sem vida, nunca faltaram os cuidados dos amigos e admiradores.

Luiz Gama, a carta autobiográfica

Luiz Gama fez muitos amigos pelo Brasil afora. Amigos e admiradores. Um deles era o escritor, jornalista e advogado fluminense Lúcio de Mendonça. Figura importante do meio cultural do Rio de Janeiro, foi o homem que juntou pessoas das mais variadas correntes de pensamento em sua época para formar a Academia Brasileira de Letras. Muita gente o chamou de "Pai da Academia". A certa altura do ano de 1880, Lúcio escreveu uma carta a Luiz, em que insistia para que ele registrasse a história de sua vida. Luiz, modesto, faz isso em uma carta, escrita em junho daquele ano, na qual descreve brevemente sua história. Este era o texto dessa carta:

São Paulo, 25 de julho de 1880

Meu caro Lúcio
Recebi o teu cartão com a data de 28 do pretérito.

Não me posso negar ao teu pedido, porque antes quero ser acoimado de ridículo, em razão de referir verdades pueris que me dizem respeito, do que vaidoso e fátuo, pelas ocultar, de envergonhado: aí tens os apontamentos que me pedes e que sempre eu os trouxe de memória.

Nasci na cidade de S. Salvador, capital da província da Bahia, em um sobrado da rua do Bângala, formando ângulo interno, em a quebrada, lado direito de quem parte do adro da Palma, na

Freguezia de Sant'Ana, a 21 de junho de 1830, por às 7 horas da manhã, e fui batizado, 8 anos depois, na igreja matriz do Sacramento, da cidade de Itaparica.

Sou filho natural de uma negra, africana livre, da Costa Mina (Nagô de nação), de nome Luiza Mahin, pagã, que sempre recusou o batismo e a doutrina cristã.

Minha mãe era baixa de estatura, magra, bonita, a cor era de um preto retinto e sem lustro, tinha os dentes alvíssimos como a neve, era muito altiva, geniosa, insofrida e vingativa.

Dava-se ao comércio — era quitandeira, muito laboriosa, e mais de uma vez, na Bahia, foi presa como suspeita de envolver-se em planos de insurreições de escravos, que não tiveram efeito.

Era dotada de atividade. Em 1837, depois da Revolução do dr. Sabino, na Bahia, veio ela ao Rio de Janeiro, e nunca mais voltou. Procurei-a em 1847, em 1856 e em 1861, na Corte, sem que a pudesse encontrar. Em 1862, soube, por uns pretos minas que conheciam-na e que deram-me sinais certos, que ela, acompanhada com malungos desordeiros, em uma "casa de dar fortuna", em 1838, fora posta em prisão; e que tanto ela como os seus companheiros desapareceram. Era opinião dos meus informantes que esses "amotinados" fossem mandados por fora pelo governo, que, nesse tempo, tratava rigorosamente os africanos livres, tidos como provocadores.

Nada mais pude alcançar a respeito dela. Nesse ano, 1861, voltando a São Paulo, e estando em comissão do governo, na vila de Caçapava, dediquei-lhe os versos que com esta carta envio-te.

Meu pai, não ouso afirmar que fosse branco, porque tais afirmativas neste país, constituem grave perigo perante a verdade, no que concerne à melindrosa presunção das cores humanas: era fidalgo; e pertencia a uma das principais famílias da Bahia, de origem portuguesa. Devo poupar à sua infeliz memória uma injúria dolorosa, e o faço ocultando o seu nome.

Ele foi rico; e, nesse tempo, muito extremoso para mim: criou-me em seus braços. Foi revolucionário em 1837. Era apaixonado pela diversão da pesca e da caça; muito apreciador de bons cavalos; jogava bem as armas, e muito melhor de baralho, amava as súcias e os divertimentos: esbanjou uma boa herança, obtida de uma tia em 1836; e, reduzido à pobreza extrema, a 10 de novembro de 1840, em companhia de Luiz Cândido Quintela, seu amigo inseparável e hospedeiro, que vivia dos proventos de uma casa de tavolagem na cidade da Bahia, estabelecida em um sobrado de quina, ao largo da praça, vendeu-me, como seu escravo, a bordo do patacho "Saraiva".

Remetido para o Rio de Janeiro, nesse mesmo navio, dias depois, que partiu carregado de escravos, fui, com muitos outros, para a casa de um cerieiro português, de nome Vieira, dono de uma loja de velas, à rua da Candelária, canto da do Sabão. Era um negociante de estatura baixa, circunspeto e enérgico, que recebia escravos da Bahia, à comissão. Tinha um filho aperaltado, que estudava em colégio; e creio que três filhas já crescidas, muito bondosas, muito meigas e muito compassivas, principalmente a mais velha. A senhora Vieira era uma perfeita matrona: exemplo de candura e piedade. Tinha eu 10 anos. Ela e as filhas afeiçoaram-se de mim imediatamente. Eram cinco horas da tarde quando entrei em sua casa. Mandaram lavar-me; vestiram-me uma camisa e uma saia da filha mais nova, deram-me de cear e mandaram-me dormir com uma mulata de nome Felícia, que era mucama da casa.

Sempre que me lembro desta boa senhora e de suas filhas, vêm-me as lágrimas aos olhos, porque tenho saudades do amor e dos cuidados com que me afagaram por alguns dias.

Dali saí derramando copioso pranto, e também todas elas, sentidas de me verem partir. Oh! eu tenho lances doridos em minha vida, que valem mais do que as lendas sentidas da vida amargurada dos mártires. Nesta casa, em dezembro de 1840, fui vendido ao negociante e contrabandista alferes Antônio Pereira Cardoso, o mesmo que, há 8 ou 10 anos, sendo fazendeiro no município de Lorena, nesta Província, no ato de o prenderem por ter morto alguns escravos a fome, em cárcere privado, e já com idade maior de 60 a 70 anos, suicidou-se com um tiro de pistola, cuja bala atravessou-lhe o crânio.

Este alferes Antônio Pereira Cardoso comprou-me em um lote de cento e tantos escravos; e trouxe-nos a todos, pois era este o seu negócio, para vender nesta Província.

Como já disse, tinha eu apenas 10 anos; e, a pé, fiz toda viagem de Santos até Campinas.

Fui escolhido por muitos compradores, nesta cidade, em Jundiaí e Campinas; e, por todos repelido, como se repelem cousas ruins, pelo simples fato de ser eu "baiano".

Valeu-me a pecha!

O último recusante foi o venerando e simpático ancião Francisco Egidio de Souza Aranha, pai do exmo. Conde de Três Rios, meu respeitável amigo. Este, depois de haver-me escolhido, afagando-me disse: "— Hás de ser um bom pajem para os meus meninos; dize-me: onde nasceste?

— Na Bahia, respondi eu. — Baiano? — exclamou admirado o excelente velho. — Nem de graça o quero. Já não foi por bom que o venderam tão pequeno". Repelido como "refugo", com outro escravo da Bahia, de nome José, sapateiro, voltei para a casa do sr. Cardoso, nesta cidade, à rua do Comércio nº 2, sobrado, perto da igreja da Misericórdia.

Em 1847, contava eu 17 anos, quando para a casa do sr. Cardoso, veio morar, como hóspede, para estudar humanidades, tendo deixado a cidade de Campinas, onde morava, o menino Antônio Rodrigues do Prado Júnior, hoje doutor em direito, ex-magistrado de elevados méritos, e residente em Mogi-Guassu, onde é fazendeiro.

Fizemos amizade íntima, de irmãos diletos, e ele começou a ensinar-me as primeiras letras.

Em 1848, sabendo eu ler e contar alguma cousa, e tendo obtido ardilosa e secretamente provas inconcussas de minha liberdade, retirei-me, fugindo, da casa do alferes Antônio Pereira Cardoso, que aliás votava-me a maior estima, e fui assentar praça. Servi até 1854, seis anos; cheguei a cabo de esquadra graduado, e tive baixa de serviço, depois de responder a conselho, por ato de suposta insubordinação, quando tinha-me limitado a ameaçar um oficial insolente, que me havia insultado e que soube conter-se.

Estive, então, preso 39 dias, de 1º de julho a 9 de agosto. Passava os dias lendo e às noites, sofria de insônias; e, de contínuo, tinha diante dos olhos a imagem de minha querida mãe. Uma noite, eram mais de duas horas, eu dormitava; e, em sonho vi que a levavam presa. Pareceu-me ouvi-la distintamente que chamava por mim. Dei um grito, espavorido saltei da tarimba; os companheiros alvorotaram-se; corri à grade, enfiei a cabeça pelo xadrez. Era solitário e silencioso e longo e lôbrego o corredor da prisão, mal alumiado pela luz amarelenta de enfumarada lanterna.

Voltei para a minha tarimba, narrei a ocorrência aos curiosos colegas; eles narraram-me também fatos semelhantes; eu caí em nostalgia, chorei e dormi.

Durante o meu tempo de praça, nas horas vagas, fiz-me copista; escrevia para o escritório do escrivão Major Benedito Antônio Coelho Neto, que tornou-se meu amigo; e que hoje, pelo seu merecimento, desempenha o cargo de oficial-maior da Secretaria do Governo; e, como amanuense, no gabinete do exmo. sr. Conselheiro Francisco Maria de Souza Furtado de Mendonça, que aqui exerceu, por muitos anos, com aplausos e admiração do público em geral, altos cargos na administração, polícia e judicatura, e que é catedrático da Faculdade de Direito, fui eu seu ordenança; por meu caráter, por minha atividade e por meu comportamento, conquistei a sua estima e a sua proteção; e as boas lições de letras e de civismo, que conservo com orgulho.

Em 1856, depois de haver servido como escrivão perante diversas autoridades policiais, fui nomeado amanuense da Secretaria de Polícia, onde servi até 1868, época em que "por turbulento e sedicioso" fui demitido a "bem do serviço público", pelos conservadores, que então haviam subido ao poder. A portaria de demissão foi lavrada pelo dr. Antônio Manuel dos Reis, meu particular amigo, então secretário de polícia, e assinada pelo exmo. dr. Vicente Ferreira da Silva Bueno, que, por este e outros atos semelhantes, foi nomeado desembargador da relação da Corte.

A turbulência consistia em fazer eu parte do Partido Liberal; e, pela imprensa e pelas urnas, pugnar pela vitória de minhas e suas ideias; e promover processos em favor de pessoas livres criminosamente escravizadas; e auxiliar licitamente, na medida de meus esforços, alforrias de escravos, porque detesto o cativeiro e todos os senhores, principalmente os Reis.

Desde que fiz-me soldado, comecei a ser homem; porque até os 10 anos fui criança; dos 10 aos 18, fui soldado. Fiz versos; escrevi para muitos jornais; colaborei em outros literários e políticos, e redigi alguns.

Agora chego ao período em que, meu caro Lúcio, nos encontramos no "Ipiranga", à rua do Carmo, tu, como tipógrafo, poeta, tradutor e folhetinista principiante; eu, como simples aprendiz-compositor, de onde saí para o foro e para a tribuna, onde ganho o pão para mim e para os meus, que são todos os pobres, todos os infelizes; e para os míseros escravos, que, em número superior a 500, tenho arrancado às garras do crime.

Eis o que te posso dizer, às pressas, sem importância e sem valor; menos para ti, que me estimas deveras.

Teu *Luiz*.

A AUTORA

Magui é psicóloga educacional, com vasta experiência com crianças, adolescentes e jovens.

Trabalhou na TV Cultura no início da década de 1970, na primeira versão brasileira do programa *Vila Sésamo*. Escreveu várias histórias, publicadas na revista *Recreio*, da Editora Abril, que também foram traduzidas para diversas línguas.

Atuou na instituição Aldeias SOS, dedicada a acolher crianças em situação de vulnerabilidade social. Lá, envolveu-se no estudo de meninos e meninas com dificuldades de adaptação à escola e elaborou, então, junto com uma equipe de educadores, um projeto para uma escola que fizesse mais sentido para essas crianças.

Esse trabalho resultou na fundação da Associação Educacional Labor, que atua na formação de professores de escolas públicas.

É autora de diversos livros de histórias infantis, entre os quais *O lápis da fada, O tesouro da gincana, Contos de Natal, Karin – Uma história verdadeira*.

Também é autora da biografia *A vida de José de Anchieta para crianças*.

Copyright © 2021 Magui
Copyright © 2021 Ilustração Angelo Abu

Editora
Renata Farhat Borges

Editora assistente
Ana Carolina Carvalho

Diagramação
Fernanda Moraes

Revisão
Mineo Takatama
Izabel Mohor

Editado conforme o Acordo Ortográfico da Língua Portuguesa de 2009.

Dados Internacionais de Catalogação na Publicação (CIP) de acordo com ISBD

M213l	Magui Luiz Gama, a saga de um libertador / Magui. - São Paulo: Peirópolis, 2021. 180 p. ; 13,2cm x 19,2cm. Inclui anexo. ISBN: 978-65-5931-005-0 1. Biografia. 2. Luiz Gama. I. Título. CDD 920 CDU 929
2021-1789	

Elaborado por Vagner Rodolfo da Silva - CRB-8/9410
Índice para catálogo sistemático:
1. Biografia 920
2. Biografia 929

1ª edição, 2021 – 2ª reimpressão, 2025

Também disponível em e-Pub (ISBN 978-65-5931-006-7)

Editora Peirópolis Ltda.
Rua Girassol, 310f – Vila Madalena
05433-000 – São Paulo – SP – Brasil
Tel.: (55 11) 3816-0699
vendas@editorapeiropolis.com.br
www.editorapeiropolis.com.br

MISTO
Papel | Apoiando o manejo florestal responsável
FSC® C169512

MISSÃO

Contribuir para a construção de um mundo mais solidário, justo e harmônico, publicando literatura que ofereça novas perspectivas para a compreensão do ser humano e do seu papel no planeta.

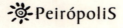

A gente publica o que gosta de ler: livros que transformam.